手切れ金をもらったので
旅に出ることにした

Ebiko Ebi

海老エビ子

Ruby collection

Contents

登場人物紹介
勇者
ジオ
魔王を倒した英雄。
給与の大半を子どもたちのためとレイルに渡していた。
平凡な幼馴染み
レイル
孤児院育ちで、現在は一人で切り盛りしている。
自分を後回しにしがち。

ミルバンヌ
レイルが旅の途中で
出会った美しい
獣人の女性。
獣人 ルトワルド
魔王討伐メンバー。
ただ一人、ジオの本当の
気持ちに気づいていた。
王太子
王族にも物怖じしない
ジオを気に入り、
友人関係を築いている。
王太子の婚約者
侯爵家の令嬢。
淑女らしい見た目とは
裏腹に、気取らない
性格をしている。

手切れ金をもらったので
旅に出ることにした

「レイル、分かってくれるわね。彼のことを思うなら、これが正しい選択だと」

王女さまは美しい笑みを浮かべて言った。

豪奢《ごうしゃ》な金髪を繊細に編み込んで結い上げた髪型をしていて、髪留めには可憐《かれん》な青い石がちりばめられている。

うちの女の子たちにも髪飾りくらい買ってあげたいものだ。贅沢品《ぜいたくひん》を与える習慣はないが、年に一度、冬の聖火祭くらいは何か思い出になるものを用意してやりたい。

「レイル？」

俺がボケッとしているもんだから、王女さまの付き人に睨《にら》まれてしまった。

「あ、はい、分かります」

「ではこれを」

王女さまが背後に視線を向ける。護衛の騎士がやってきて、高級そうなスベスベの木の卓上に綺《き》麗《れい》な布で作られた袋を置いた。重そうな音がする。

「お持ちなさい。これまでジオの友人でいてくれたあなたですもの。あなたのこれからの人生の助けになることを願うわ」

促されて手に取ると、金貨がたっぷりと詰められている。

「あの、俺には少々過分なようです」

「そんなことはないわ。だってとても長い旅になるでしょう？　遠い土地でいちから生活を始めるのは大変だもの。それにもうジオを頼ることはできないのですから。あなたもこれ以上ジオの負担になることは望まないわよね。長年ジオの施しを受けていたのだから、もう充分なはずだわ。ジオが十五で孤児院を出てからずっとだなんて……今でもジオはあなたにお金を恵んでいるのでしょう？」

「はい。おかげでみんな飢えずに済みましたし、今年はすでに冬支度もできてしばらくは金の心配はありません。すべてジオ様のおかげです」

お偉い方々との会話は疲れる。彼らが望む答えを探り正解を出さないといけない。正答できなくても少なくとも地雷を踏んではいけない。

王女さまの地雷はたぶん俺がジオを呼び捨てにすることだ。ジオ様と呼ぶのが正解。なかなか面倒になったもんだ。

「ジオは気の毒な立場の者に優しいもの。そういえばあなたは孤児院の建て直しをしたいと言っていたそうね」

「その話はなくなりました。ジオ様が領地を持たれたら、いずれはそちらで子どもたちを引き取ってくださいます」

「そうなの」

よかったわ、と王女さまは目を細めた。


孤児院育ちの平民の俺がなぜ王女さまとこうして話をする機会を得たかというと、同じ孤児院育ちの幼馴染《おさなな じ》みであるジオが勇者になって魔王を打ち倒し国の危機を救ったからだ。勇者には報奨金と爵位と領地が与えられ、近く王女さまとの婚約の発表もあるのではと噂《うわさ》されている。

付き合い自体はもう二十年ほどになるが、俺とあいつの仲は良くない。

昔からあいつは俺を嫌っている。何をしたわけでもないのに一方的に嫌われているので俺も気分が良くなかった。

ジオは好き嫌いが激しいけれど義理堅い性格をしている。

勇者候補として見出《みいだ》されて以来、王都に上ってからも魔王討伐の旅の途中でも、律儀に孤児院あてに手紙を送ってきた。

俺たちがガキの頃《ころ》に院を切り盛りしていたじいさんが死んでからというもの、俺が代わりにその立場におさまって何とかかんとか院は存続していた。

そういうわけで曲がりなりにも院長である俺は、孤児院あての手紙には全部目を通す。ジオからの手紙は毎回子どもたちに読んで聞かせ、それをみんな楽しみにしていた。

手紙だけじゃなく日持ちのする菓子も送ってきたり、衣類や酒なんかもたまにあった。

それからもちろん金も。


ジオは正しいことをする男だった。みみっちいことも曲がったことも不合理なことも大嫌いで、常に自分の考えを貫いた。それは昔からずっとそうで、俺とは違った。だから俺たちはそりが合わない。

それでもジオはたまの休暇には孤児院を訪ねてきたし、戦いを終えて凱旋《がいせん》した後はわりと頻繁にやってきた。

ジオの新しい友人たちは、王女さまも含め、ジオのためを思って色んなことを俺に言ってくる。色んなことを言ってくるのだが、それらは結局のところ俺がジオと関わっているとジオのためにならないという一点に落ち着く。

まぁ分かる。

勇者と呼ばれる戦士になるためどぎつい訓練をし、それに支払われた手当をジオはほとんど孤児院に送ってきた。義理堅いを通り越して馬鹿である。

贅沢はせず、遊びもせず、ただ国のために己を鍛え、ついには魔王を倒した。そしてその報奨金を孤児院にくれた。

あまりに大金なのでもちろん断ったが、いつから寄付を断れるほど偉くなったんだとねじ込まれ、俺は結局これも受け取った。


「ジオにも幸せに生きる権利があると思わねぇか？」

とジオの騎士仲間が言った。

「彼はいつまで不幸な出自に縛られなければならないのでしょう」

とジオの旅仲間が言った。

「そろそろジオ殿を解放して差し上げてください」

とジオの連れてきた淑女が言った。

そして王女さまは言った。

「ジオとは二度と会わないと約束してくれるわね？」


平民で貧乏でいつも金策に四苦八苦している幼馴染みの俺を、ジオは見捨てることができない。叙爵を控えた今は貴族として国の中枢に目を向けるべき時期であって、過去の人間関係はその邪魔になる。孤児院の子どもたちはジオに任せて俺はどこかへ消えるべきであり、それがジオのためになる。遠回しであったり直球であったりしたが、その手の話を何度か聞かされた。

うん、分かる。

ジオが勇者となり救国の英雄として国民に知られるようになって、うちの孤児院出身の連中がチラホラ訪ねてくるようになった。世間話をして昔を懐かしんで帰ってくれるならいい。だがジオに資金援助を頼んでくれとか金を借りたいから口利きしてくれとか、あやしい商売の誘いとかそういうのもわりとあった。ほんと困るな、あーいうの。心情的には他人とも言い切れないから、追い返すのも辛《つら》い。

ジオの周囲の人間には俺もそういう輩《やから》の一人だと認識されているわけで、そりゃ違うんじゃねぇかとかちょっと思ったりもしたけど、結局ジオのくれる金をアテにしていたのは事実だし、何も違わないのかもしれない。

「お前にやってんじゃねぇチビたちにやってんだ。お前にチビたちの金を拒否る権利があんのかよ」

ジオはそう言って昔も今も金をくれる。ありがたいが、もう充分だった。

おかげさまで孤児院の台所は当分潤沢だし、爵位と領地を持って王女と結婚するジオは、今後チビたちをまるっと守ってくれるだろうし、そうなったらこの金は使い道がない。

だから返そうとするとジオは毎度すんごい目で俺を睨む。こいつホント俺のこと嫌いだよな、と俺も毎度呆《あき》れている。

ジオはとにかく俺の何もかもが気に食わないらしく、以前も金や贈り物や土産《みやげ》に対する礼を言ったら「別にお前のためじゃねぇ」ときた。

そうはいっても菓子はともかく酒なんか俺しか飲まない。それも甘くてちびちび飲めるような、俺の好きそうなやつ。しかも服なんかは明らかに俺のサイズだ。それを指摘すると「お前が小汚ねぇとチビどもが馬鹿にされんだろ」と嫌味を言われた。わりとご婦人に好かれる体質の俺は服を恵んでもらえることがままある。だから清潔感は維持できていると思っていたのだが。

とにかく万事がそんな感じなので、わりと早い段階で俺はジオの前では気を遣うのをやめ、礼の一つも言わなくなった。代わりに手紙で子どもたちの近況や今後の見通しを伝えたりした。手紙なら文句も嫌味も言われないしな。

「お前もちったあ金使えばいいだろ。いつまでもガリガリで辛気臭せーんだよ。太れよ」
「お前がやたらムキムキなだけで俺は普通だほっとけ」
「普通なわけあるか馬鹿。死に際のジジイみてえな二の腕しやがって、てめぇが死んだらチビどもはどうなる」
「俺が死んでもチビどもにはお前がいるから安心だろ」
「ふざけんな殺すぞ」
「矛盾がヤバいな」

ジオは口が悪い。でもいつもまっとうなことを言う。

ガキの頃から、俺が自分の飯を後回しにするとジオは怒った。その時分だって俺は近所のおばちゃんたちと良好な関係を築いていて、外でちょっとした食い物を恵んでもらえた。

だから食事が終わっても食い足りなそうな顔をしているやつにパンをちょっと分けてやるくらい

何でもない。それでもジオは俺が差し出したパンを絶対に食わなかった。

もともと平民の中でもわりと裕福な家庭に育ったらしいジオは、孤児院に来た時たしか五歳はこえてたはずだ。目が開く前には既に孤児院入りしていた俺と違って贅沢の楽しさを知っていただろうし、だからこそ貧しさはより辛く感じただろう。

それでもジオは弱音を吐かなかった。貧乏が骨の髄までしみこんで疑問も持たない俺たちを冷ややかに見て馴《な》れ合わなかった。

ジオは昔から「俺は絶対金持ちになる」と宣言していた。こんな暮らしから抜け出してやるという反骨精神がジオを勇者にし、英雄にしたのかもしれない。

俺はといえば全然そういう考えの持ち主じゃなかった。ジオが俺のパンを食わなくても、俺はジオの金を受け取る。

そんな俺であるので、国防にまでかかわるような力を持ったジオの友人たちや、ましてや王女さまに何事か言われようものなら従うまでだ。わざわざ金持ちに逆らうなんて選択肢は俺の人生には最初から無い。

なのでそれがジオのためになるとかそういうこととはまったく関係ない保身という事情で、俺はもう二度とジオには会わないと王女さまに誓った。

それにしたって大袈裟《おおげさ》だよな。わざわざ追い払わなくても、孤児院をあいつの領地に移したら、俺とは会うこともなくなると思うんだが。まぁ俺が金をたかりに行くと思われてるんだろう。そんなことする気はないけど、その予測はたかられる側としては正しい危機管理だ。

ジオは新天地で友人に恵まれたのだろう。王女さまだって、平民の俺にこれだけの金貨を用意したのだから、きっと悪い人ではない。

ジオはいい結婚をするだろう。それは喜ばしいことに違いない。


王女さまはわざわざこの片田舎《かたいなか》まで来て領主の館《やかた》に滞在し、俺を呼び出した。行きは馬車に押し込まれたが帰りは徒歩だ。こんなに金貨の詰まった袋を持ち歩いたことなんかなかったから、誰《だれ》かに盗《と》られやしないかとヒヤヒヤした。

貴族が護衛を雇う心理はこういうことか、なんて束《つか》の間《ま》の金持ち気分を味わう。

孤児院に帰っていつものように子どもたちの世話をして寝かしつけ、院の最年長者でまとめ役のウィリーに置き手紙を書き、金庫に王女さまからもらった金貨をしまった。ジオの報奨金も入れてある金庫だ。中身は物凄《ものすご》い大金になった。鍵《かぎ》は俺とジオが持ってる。金庫は最近ジオがくれたものだった。

鍵をかける際、少し迷ったが、金庫の中にメモを残した。

『チビたちをよろしくな兄弟
いつか星になっても変わらぬ愛を』

数日中にジオは孤児院を訪れるだろう。最近は週に一度は来ている。

孤児院の今後については俺がいなくても何とかしてくれるに違いない。急な話になったのは申し訳ないが、俺もまさかこんなふうに出て行くことになるとは思わなかったからな。

ウィリーもしっかり者だし、ジオが来るまで子どもたちをうまく宥《なだ》めてくれるはずだ。


俺の荷物は笑えるくらい少なかった。

朝を待たずに孤児院を出て暗闇《くらやみ》の中を一人歩いた。

もうあの孤児院に帰ることもなく、チビたちともジオともこの先は会うことがないのだと思うと不思議な気分だ。心もとなく寂しい気もするが、肩の荷が下りたようでもある。

もしかして俺は今人生で一番自由なのかもしれない、なんて思う。この先は行きたいところに行って自分の口を養うだけの仕事をして、自分の都合だけで生きるのだ。

そんなことはあまり真剣には考えてこなかったから、正直今は行きたいところもないし仕事のあてもなかった。でも大丈夫だ。何とかなる。

胸に手をあて、歩きながら祈った。

わたしたちの心臓の真ん中に　真っ赤《まっか》な火が燃えています
この美しい火をいだく　わたしたちの魂もまた美しく
いかにこの身が飢えようと
いかにこの身が害されようと

なにものにも侵されることはありません
この火が燃える限りわたしは皆と共にあり
この火が消えたのちは皆を見守る空の星となり
火神サラシネを抱く兄弟たちへ　変わらぬ愛を注ぎます

この地域の神殿でよく使われる誓句だ。孤児院では寝る前にみんなでこのお祈りをして一日を終える習慣がある。普段悪態ばかり吐《つ》くジオも祈りの時間だけは大人しかった。

世を覆う暗闇の中に火神サラシネが現れ、激しく美しく燃え盛り数多《あまた》なる火の子を生んだ。火の子は地上に舞い散って土と交わり人間となった。それが世界の始まりと人間の誕生だ。そういう神話がある。

俺たちはサラシネを源とする同じ火を抱く兄弟。命ある限り共にある。死してなお愛をもって繋《つな》がっている。

そう思うことで孤児たちは心のよりどころを得る。

ジオのくれるものはすべて俺のよりどころとなった。

貴族や準貴族の支援がなく、地域の善意に頼るばかりのうちの孤児院はいつも金がなかった。もともとは篤志家の前院長が私財を投じて始めたもので、俺が引き継いでからも死んだ院長のコネや町の商家からの寄付で何とか食いつないでいた。

だからジオの金はギリギリの生活をする俺たちの助けになった。

赤ん坊を医者に見せられるし、持病のある子の薬だって買えた。スープには具が増えて、ついには肉まで入れられるようになった。クズ肉だってうちではご馳走《ちそう》だ。三日に一度は湯を沸かして風呂《ふろ》に入れたし、なんと石鹸《せっけん》だって買えた。ジオが渡してくる金額は年々増えていき、ぼろい建物の修繕をマメにしたり、使い回してボロボロになった文字や算学の教本を新調する余裕さえできたのだ。

ジオが子どもたちへあてた手紙は、たいそう説教くさかった。たくさん飯を食えとかきちんと礼儀を覚えろとか勉強をしっかりやれとかそんなことばかり。それがお前たちが生きるための財産になるのだと言って、おしまいには「火を抱く兄弟へ変わらぬ愛を」と締めくくられていた。ジオらしくない言葉だが、院の出身者はよく使う文句だ。

ジオは知らないだろう。俺がその言葉にどれほどあたためられたのか。

冬の朝に院の外に捨てられていて、数日もたずに死んだ赤ん坊の亡骸《なきがら》を共同墓地の墓守に頼んだ日。うちの子がスリを疑われて引き取りに行った先で、警邏《けいら》に口ごたえをする子をかばっていやというほど殴られた日。何かあった日は決まって寝床でジオの手紙を読んでそのまま眠った。

世の理不尽と子どもたちとの間で言い知れぬ無力感を味わい、そんな感傷などにはかまけている暇もなく生活の金勘定をしてはひいひい喘《あえ》ぐ毎日の中で、ジオがともに背負おうと差し伸べてくるその手が、俺にとっての支えだった。

孤児院の管理どころか国の平和を背負うことになったジオには、支えとなる仲間がたくさんいた。俺にとってのジオの金や手紙のようなものが、ジオにもたくさんあるだろうか。

そうであればいい。
とりあえず王都とは反対の方角へと歩いていると、やがて空が白んで朝陽《あさひ》が上る。
心のうちで祈りの言葉を繰り返し、どこまでも歩いた。

その日、王宮は英雄の来訪を待っていた。

このたび勇者の称号を得て王家に伝わる秘剣を預かり、魔王と称された古代の魔神を封印したのは平民のジオ・リュフターという若者である。

ジオは漆黒の髪に冷え冷えとした青い目を持つ青年だった。研ぎ澄まされた刃物の如《ごと》く冴《さ》え渡り、北狼《ほくろう》に似て剽悍《ひょうかん》な雰囲気を纏《まと》う彼は、若く雄々しい体躯《たいく》と王家の聖剣を制御するだけの魔力をして英雄となった。

平民出のその英雄が、近く王の承認を得てこの国の第二王女との婚姻を結ぶだろうとの風聞に、国民は喝采《かっさい》を送り祝福した。

まさに今日、英雄は正式にその働きを認められ、爵位と領地を賜り平民の身分から貴族の仲間入りを果たす手筈《てはず》になっている。

それは彼の長年の望みでもあった。


「あいつ遅くねぇ？　何してんだよ。待ちに待った叙爵の日に」

「孤児院に行くと言っていましたから到着はギリギリでしょう」

「また？　わざわざお金毟《むし》られによく行くね」

「ジオ殿のお優しいお気持ちは分かりますけれど、いつまでこのようなことを続けられるおつもりなのでしょう」

勇者とともに魔王討伐に参加した面々は、褒賞授与の式典が開かれるのを待つ間、自分たちのリーダーであった男について話した。

ふはは、とその内の一人が笑う。

「人間ってたまにすげー面倒そうだよな」

彼はメンバーの中で唯一の獣人だった。

どういう意味だ、と仲間が問いかけようとした時、控えの間の扉が開かれ、英雄が現れた。

「よう、来たな」

剣士が声をかけるが、ジオは返事をしなかった。青い目を昏《くら》く淀《よど》ませ、拝謁《はいえつ》の間に続く扉を睨んでいる。

「なんだよ、機嫌わりーな」

「出会ったばかりの頃《ころ》を思い出しますね」

「このところご機嫌だったのに」

「緊張なさっているのではありませんか？」

治癒魔法士の言葉に皆は苦笑した。それはない。ともすると王族よりも偉そうなあの男に限って。

ほどなく扉が開かれた。

魔王を倒した英雄たちは拝謁の間へと歩を進めた。

首《こうべ》を垂れて王族を待っていると、現れたのは王太子と第二王女だった。

王は昨年から病によって臥《ふ》しがちになり、公務は王太子が代わりに行うことが増えていた。王太子は物怖《ものお》じせず王族にさえハッキリ言いたいことを言うジオの性質を気に入っている。年が近いこともあって友人として親しんでもいた。そして第二王女がジオに特別な感情を持っていることは誰の目にも明らかであった。

その二人がこの場に現れたということは、つまり。

「ジオのやつ、マジで王女と結婚かよ」

「どうやら噂《うわさ》は真実になりそうですね」

小声で言い交わす仲間たちの横で、獣人は居心地《いごこち》悪そうに尻尾《しっぽ》をそわそわさせている。

「……ジオが、キレそう」

「は？」

「何？」

獣人はペタンと耳を伏せた。

「ジオ・リュフター、此度《こたび》のそなたの偉功を称《たた》え、我が王家より――」

「殿下、どうか発言をお許しいただきたい」

ジオの非礼にその場の誰もが凍りついた。私的な場面ならばまだしも、拝謁の間の正式な式典の場において王族の言葉を遮るなど、あり得ない振る舞いである。

だが王太子は鷹揚《おうよう》に微笑《ほほえ》んだ。

「……いい、許す。ジオ、何事か申してみよ」

「有難く存じます。第二王女殿下にお訊《き》きしたいことがありますので別室をご用意願います」

「王女に？　なぜだ？　この場では言えぬことか」

「自分はかまいませんが、王女殿下は違うかもしれません」

ジオの視線は先ほどから王女に注がれていた。そこには甘さや恋しさのかけらもなく、恐ろしく冷たい。王女は平然とそれを受け止めているかに見えたが、兄である王太子には妹の顔が強張《こわば》っているのが分かった。

いわくありげな二人を見比べ、王太子は束《つか》の間《ま》黙考した。それからジオに視線を戻して命じる。

「今ここで申すがよい」

王太子がそう言った時、獣人はジオの匂《にお》いの更なる変化を嗅《か》ぎ取った。


「では――」


ジオの目が爛々《らんらん》とした殺気を伴って、王女を見据える。そのあからさまな威圧には、ともに戦った仲間たちですら本能的な恐怖を覚え冷や汗を滲《にじ》ませた。

全身から劇薬のような魔力を吹き上がらせ、英雄であるはずの男は、魔王の如き禍々《まがまが》しさで目の前の王族に命じた。

「俺にくれるものの話をする前に、俺から奪ったものの話をしてもらおうか」

ジオが懐から何かを取り出し、足元に放り投げると、ジャラジャラと金貨が散らばった。

＊＊＊

王女は混乱していた。

ジオ・リュフターはまさに規格外の戦士である。卑しい生まれながら若くしてその才能を見出《みいだ》され、厳しい訓練に耐えて、ついには勇者の偉業を成し遂げた。

王都に上ったばかりの頃はただ顔かたちが整っているというだけで粗野であったその風貌《ふうぼう》も、彼を取り巻く高貴な人々によって次第に洗練され、見上げるほど伸びた背丈としなやかに鍛え上げられた筋肉の奇跡的な複合により、今では世の女性たちの歓声を集めるほどの美形に仕上がっている。

社交界の淑女ですら彼の野性味を帯びた男性的魅力を褒め称え、「あれでお生まれにさえ恵まれておいででしたらね」などと口では囀《さえず》りながらも、裏では彼と親密な接触を持つ機会を熱望していた。

平民出の勇者とは危うい存在だ。王家はこれを他国に引き抜かれぬために土地や爵位を与え、更なる国への貢献を期待している。特にジオ・リュフターはその出自のためか国民の熱狂的な人気を得ており、下級貴族の位を与えた程度ではその功労の過小評価を詰《なじ》られるであろうことは容易に予想できた。だがいきなり大貴族と並ぶ爵位を与えては、建国血統貴族からの反発は免れない。

ならばそれなりの領地を与え、さらには王女を降嫁すれば八方丸く治まるではないか。

それはこの国の王族であり、また何年もジオへの思いを募らせてきた王女にとって最良の案に思えた。王太子である兄も、王女の提案を受けた当初は乗り気であったと記憶している。少なくとも反対はしていなかった。

兄の様子が変わったのは、ジオたち勇者一行が魔王討伐に本格的に乗り出した直後のことだ。

「そろそろお前の嫁ぎ先を決めるよう父上に進言するつもりだ」

気遣わしげな表情をして兄は言った。王女は頰《ほお》を打たれたような衝撃を受けた。

勇者が――ジオが無事帰還した時にその言葉を聞かされたなら、王女の心は喜びに満ちただろう。それなのに今この時期を選んだのは、つまり王女とジオの婚姻はあり得ないと知らせるためだ。

「なぜです、お兄さま。わたくしの望みはご存知《ぞんじ》のはずだわ。それにわたくしたちの結婚は、誰《だれ》のためにもなることではありませんか」

「私もそう考えていた。だがジオはお前との婚姻を望んでいないことが分かった」

「ジオがそう言ったというのですか？」

「ああ、私的な会話でだが」

死地に赴かんとする勇者一行は、事前にあらゆる調査を受けた。健康状態や装備について、戦いで死んだ際の死体の届け先や誰に報《しら》せをやるか、凱旋後はどのような待遇を希望するか。王太子は特に後の待遇について、彼ら一人一人と話し合っていた。

それを聞いた王女は「あら、いやだわ」と微笑んだ。

「それはジオが慎み深いせいで、お兄さまにはそう言ったのでしょう。本心ではないはずです。ジオにはそういうところがあるの。自分とわたくしをひき比べて、不釣り合いだと遠慮しているのよ。可哀想《かわいそう》に、身分が違いすぎることを引け目に感じているんだわ。わたくしはそんなこと気にしないと言っておりますのに、可愛《かわい》い人。馴れ馴れしい貴族の子息とは大違いね」

歌うように語る王女に、王太子はいくぶん表情を曇らせた。そして言った。

「もう一度言うが、ジオはお前と結婚する気はない。私は彼の友人でもある。彼に望まない結婚を押し付けたくはないのだ」

「お兄さまは意地悪ですのね。でもかまわないわ。きっとお父さまは、わたくしのお願いを聞いてくださるもの」

王女は笑みを深くした。

父である国王は末子の第二王女に甘い反面、後継ぎである王太子には厳しい。兄はジオに対して友人なりの思い入れがあるようだが、父はそうではない。ジオの言葉に耳を傾けるより、王女の希望を優先するだろう。

ジオは謙虚で誠実な騎士だ。

たとえ王女が名前で呼んでとねだっても「わたしのようなものが殿下のお名前を呼ぶことはできません」と断ったし、遠乗りの供を頼んでも他の騎士からも少し離れたところに控えていて、王女の近くに寄ろうとしなかった。

だが王女はジオの出しゃばらない態度の裏にある優しさを知っていた。ある日王女がお忍びで王都の繁華街へ行きたいと我儘《わがまま》を言った時、護衛をかって出てくれたのだ。これには口うるさい兄も苦笑して許可を出した。

お忍びで出かけた日の思い出は今でも忘れることがない。話題のカフェでびっくりするようなカラフルなお菓子を食べたり、市場へ行ったり、平民の若者の間で人気だという装飾店に入ってみたり。

その店で、ジオがある宝石にじっと見入っているのに王女は気づいた。それはほんの数秒の短い間だったが、護衛中のジオが何かに気をとられること自体珍しい。

それは青い石だった。

それだけなら珍しくはないが、よく見ると中に細やかな金の粒を含有していて、光を反射してキラキラと輝きを帯び、えも言われず美しかった。王女が訊《たず》ねると、店の者はそれを青金石だと説明した。海を渡った異国の霧深い谷でとれる珍しい石なのだという。

その日から、青金石は王女の一番のお気に入りになった。

王女の髪は誰もがほめそやす見事な金色で、瞳《ひとみ》は薄い青。つまり青金石は王女の色そのものといえた。ジオがその石に目を留めていたことは、王女の期待を加速させた。

ジオだってわたくしを想《おも》っているはずよ。ただ畏《おそ》れているだけ。

王女はそう信じた。

そのジオが身分を超えて王女をものにするには、彼の背中を誰かが押してやらねばならない。国王がそうしてくれたなら、ジオももはや遠慮する必要を感じないだろう。

お互いの思惑を含んだ沈黙の後、ふ、と王太子は息を吐く。

「……つい先の話をしてしまうが、全《すべ》てはジオが無事に帰ってきてこその問題だな」

「ジオは帰ってくるわ。わたくしと約束したのよ」

王女は勝利を確信してさえいた。

その確信が揺らぎ出したのは、国王である父に身体の不調が起こり臥せることが多くなって、着々と兄が公務を引き継いでいった頃《ころ》である。勇者たちはいまだ旅の途中にあり、先は読めない。

王女はすぐに手を打った。巷《ちまた》に勇者と王女の噂《うわさ》を流布し、詩人たちのサロンを支援して彼らに身分違いの恋の切なる美しさを語らせた。国民はその詩や歌物語に心を動かされ、若い二人の恋の成就を願った。

勇者たちが王都に帰還した日、王女は自ら出迎えた。

涙ながらに無事を喜ぶ王女に、ジオはいつも通り一歩退《ひ》いた態度を崩さなかった。だが周囲は二人が並び立つ姿を祝福の目で眺め、それは王女の恋の後ろ盾となった。勇者の仲間たちまでもが二人を見て微笑み、ジオの肩を意味ありげに小突いたりした。

これほど多くの人民に望まれた結婚があるだろうか。あとはジオが素直に受け入れてくれさえすればいい。それで兄も納得する。

ねぇジオ、これでもわたくしとの結婚を拒めるというの？

王女は鷹揚に待った。世間の後押しをうけ、周囲のあたたかい合意に気づき、ジオがその頑《かたく》なな態度を甘く崩れさせるのを。

しかし。

しかし、である。ジオはまったく、少しも変わらなかった。むしろ以前よりそっけなくなった気さえした。

王女が会いたいと伝えても王太子を通じて断られた。それならこちらから、と会いに行けば不在であり、たいてい王都を離れている。

ジオの仲間たちを問い質《ただ》せば「昔世話になっていたという孤児院へ行っている」と答えた。それも帰還してからというもの足繁く通っているらしい。

王女は仲間たちにジオの身を案じていることを訴えて情報を得た。ジオが育った孤児院は、現在彼の幼馴染みが切り盛りしている。ジオは王都に上り騎士団に所属して得た給金のほとんどをその幼馴染みに渡しているのだそうだ。

「いくら自分が育った孤児院だって、普通そこまでするものかな。ジオのやつ、もしかしてそいつに弱味でも握られてたりして」

話を聞く限り、その幼馴染みの男はひどくつまらない人物のようで、ジオの仲間たちは王女の前でその男への不信感を吐露した。

王女は理解した。その者はきっとジオのような才能もなく、引き立ててくれる者もなく、結婚もできずに貧しい孤児院暮らしのまま老いて死ぬのだろう。他に縋《すが》れるものを持たざるがゆえに、ジオの慈悲深さにしがみついているのだ。


ああ、ジオ。なんて優しいの。幼馴染みが不幸なままだから、自分だけ幸せになってはいけないと思っているのね。


王女はまたもやすぐに手を打った。孤児院育ちの平民には充分であろう金を渡し、その者の人生が少しでもマシになるよう援助してやった。その金で商売を始めるなり結婚するなりして幸せになってくれればいい。

ジオとはもう二度と関わることのない、どこか遠いところで。

＊＊＊

「あいつに何を言った？」

場所を拝謁《はいえつ》の間から王太子が親しい友人と過ごすのに使う客間に移し、その扉が閉じられてすぐジオは王女を問い詰めた。

もはや敬語も使わない。王太子も窘《たしな》めなかった。ジオと王太子は普段から私的な会話ではくだけた話し方をしているし、そもそも王族にあれだけの殺気を向けた時点ですでに事態は常軌を逸脱している。

こういう時に己の王としての資質が問われるな、と王太子は頭の痛い思いがした。だがこれほどなりふり構わず激高するジオは初めて見る。口を挟むよりまず話を聞いたほうが解決は早そうだ。

「ジオ、なぜ怒っているの？　あの者は他の土地で人生をやり直したいと言ったの。わたくしはこれまであなたのよき友人でいてくれたそのお礼に、援助をしてあげただけ。哀れな過去は捨てて、新しい場所で幸せになってほしいと思ったのよ」

王女は可憐に声を震わせて言い募った。

足を引っ張る人間が一人消えただけなのに、どうして。

王女はジオの怒りを不当なものと感じたらしい。

「彼も喜んでいたわ。きっとどこかで幸せに暮らせるはずよ。だからジオももう気兼ねしないで幸せになってもいいのじゃないかしら？　ずっとあなたが気にかけていた孤児院の子どもたちだって、わたくしとあなたの結婚を喜んでくれるわ」

ジオは憎悪を通り越し、凍るような眼差《まなざ》しで王女の主張を聞いている。話すほどに部屋の空気の温度が下がっていくようで、ジオの殺気に追い詰められた王女の言葉は上滑りと空回りを繰り返した。

「ね、ねぇ、孤児院はあなたの領地に移すのですってね。その前に一度あなたの育った孤児院に連れて行ってくださらない？　わたくし、ジオの育った家を見てみたいの」

いじらしいおねだりを言った王女に対し、それまで黙って王女の発言を聞いていたジオはあからさまに嘲弄《ちょうろう》的な笑みを見せた。

「へえ。わざわざあいつに金を渡しに行ったのに『俺の育った家』は見てこなかったわけか。心にもないことをペラペラとよくもまぁ。すげぇな女ってのは。いや、女もひとくくりにしちゃ悪いよな。こんな胸糞悪《むなくそわる》いガキめったにいねぇだろうし。子どもだと思って大目に見てりゃあよくもここまでつけ上がったもんだ」

王女は信じられないものを見たと言わんばかりに目を見開いている。ジオは気にもかけずになおも悪口雑言を連ねた。

「お前と結婚だって？　笑わせやがる。命がけで戦ったその褒美が苦役だなんて真っ平ごめんだ。お前を嫁にする男が気の毒だぜ。毎日ぶん殴りたいのをこらえるだけで一日が終わっちまうだろうな。金と高貴なお血筋とやらがあっても躾《しつけ》がねぇとこのザマか」

罵倒《ばとう》する間も、ジオを取り巻く魔力がじわじわと威圧感を増す。冷静沈着で紳士的な騎士としてのジオの一面しか知らない王女にとって、それはあまりに苛烈《かれつ》な豹変《ひょうへん》である。恐怖と混乱で王女は全身が震えていた。

「なぁ、それ以上小賢《こざか》しい口きくんじゃねぇぞ。質問に答えろ。お前はあいつに何を言った？」

「ひっ――」

恋する相手に信じがたいほど口汚い言葉と悪意をぶつけられ、さらに尋常ではない殺意を浴びて、王女は気を失った。

「ジオ、あまりやりすぎればいくらお前でも不敬を問わねばならん」

崩れ落ちた王女を抱きとめ、王太子は渋い顔を見せた。

「ああ、そいつは申し訳ありません殿下。妹君に俺の兄弟が消されかけたので頭に血が上ってしまいまして」

しれっと嫌味を返されて、王太子はますます鼻白む。

「……そこまでする気はなかったと思うが。実際お前の兄弟は無事なのだろう？」

安否が不明であれば、王女への質問は「あいつに何をした？」か「あいつをどこへやった？」というものになるはずである。

「でもやろうと思えばできた。その女には」

それこそが問題だと言いたげに、ジオはいまだ額に青筋を立てて王女を見下ろしている。

王太子は部屋の外に控えさせていた護衛と王女の侍女を呼び、気絶している王女を寝室に運ぶよう命じた。

部屋には王太子とジオと仲間たちだけが残った。王太子は侍従に茶の用意を頼み、皆に座って寛《くつろ》ぐよう促す。

ジオはいまだ怒りの燻《くすぶ》った顔をしていたが、多少は溜飲《りゅういん》が下がったのか、それともこの件においいて王太子は王女に与《くみ》していないと判断したのか、素直にソファーに腰を下ろした。

「俺は騎士団に入った時繰り返し言われたぜ。騎士たるもの常に公正であれ、清廉なる魂と健やかなる肉体をして正義の剣をふるうべし、決してその剣の濫用をするべからず。そういう類の教えが王家にはないらしいな」

目の前に出された茶に口もつけずにジオが嫌味を言った。この友人の口の悪さと敵認定した相手への意地の悪さはいやというほど知っている。そのためうんざりとはするが腹は立たない王太子であった。

確かに今回、妹は目算を誤った。

ジオが最後まで本気で王女との結婚を拒否するという筋書きは、彼女にはとても予期できなかったとみえる。その結果、国史に名を残すであろう勇者をここまで怒らせたのだから失態といえた。

そして不幸にもその尻拭《しりぬぐ》いをするのは兄である自分しかいない。

「あの子は末子の姫なのでな。それも亡き王妃の忘れ形見だ。皆あの子には甘い」

王女はそれはそれは愛らしい顔立ちをしている。その上効果的に甘えたり泣いたり怒って見せることで周囲の人間を味方にすることができた。

そのため彼女の少々思い込みの強い性格や視野の狭さをわざわざ指摘する者は王宮にはない。

王女の資質のせいでもあるが、国王や教育係がそれを許したせいでもある。そして口出ししきれなかった自分のせいでもあるかもしれない。

ジオはガキだと断じていたが、王女ももう十七である。そろそろ適所におさめてやらねばならない。王女の嫁ぎ先はすぐに決まるだろう。彼女との結婚を望む者は国内にも国外にもいる。

だがそもそも今回のことは、相手がジオでなければここまで話はこじれなかったはずだ、と王太子は思っている。

王女は人の間で立ち回るのがうまいとはいえ、特別我儘というほどでもない。身分の高い人間ならば当たり前の範囲内である。

ジオは王女を小賢しいと嫌うが、自分の利益のために状況をコントロールする能力と邪魔者を排除するある種の冷酷さは、王侯貴族においては非難の対象ではない。むしろ場合によっては称賛されるべき能力といえる。

王太子自身、ジオとの結婚に向けての囲い込み方はなかなかのものだと妹を評価したほどである。

だいたいにして、美しい王女の恋焦がれる視線を一身に受けて奮い立たない男はそうはいない。普通は迷わず王女との結婚を選ぶだろう。王家の姫を腕に抱く権利を有する男など国に何人といないのだ。平民の男であればなおさら、権力と名声の象徴たるその褒美に手を伸ばさずにはおれないだろう。

つまり、どう考えてもジオの反応のほうがおかしい。そういう点においても、ジオは常識で測ることが難しい人物だった。

「それで、この後はどうする？　式典に戻るか？　叙爵の手続きは早めにしたほうが後が楽だぞ」

「報酬の内容について見直したい。時間をくれ」

ジオがそう言うと、王太子は深い溜《た》め息《いき》をついた。まったく頭が痛い。

「まさかと思うが、国を出るつもりなのか？」

「まだ分からねぇ。だがこの先貴族になってても何かとめんどくせえんだろうなってことは分かるぜ。俺が目立てばレイルにちょっかい出すやつが出てくる。報酬は全部金でもらって平民のままどっか田舎《いなか》に引っ込むか、それか誰《だれ》も俺のことを知らない他国に行くのもアリかもな」

「お、おいおいおいおいおい、ちょっと待てよジオ！」

仲間の剣士が思わずといったふうな声を上げた。ジオのあまりの剣幕に今まで横槍《よこやり》を入れるのを遠慮していたのだろうが、さすがに今の発言は聞き逃せなかったらしい。

「お前ずっと貴族になりたがってただろう？　それをあの兄ちゃんのために蹴《け》るなんて、マジで言ってるわけじゃねぇよな？」

「……なぜお前がそんなこと言うんだ？　これは俺の問題だ。口を出すな」

ジオは冷えた目をして言った。

「訳が分かんねぇからだよ！　だってそうだろ？　俺にはさっぱり理解できねぇ。爵位と領地と、王女殿下と結婚したら王家との繋がりだって手に入るんだ。生まれてくる子は王族の血を継ぐことになる。平民出の騎士にとってこれ以上の出世があるか？　棒きれ振り回して騎士ごっこしてる国中のガキどもに夢を与えられるんだ。それを全部ふいにしちまうって、お前、何のために今まで苦労してきたんだよ！」

「だからよ、それがお前になんの関係がある？　そんなに言うならお前があの女に求婚しろ」

「いや俺は既婚者だから……」

「ジオ、私たちはあなたに幸せになってほしいと願っています。ともに生死をかけて戦った仲間ですから。今のあなたの選択はあなたを幸せにするとは思えない」

取り付く島もないジオに、魔法士の青年は真摯《しんし》に訴えた。

「俺は俺の好きなようにするのが幸せだけどな。俺の幸せをお前たちが判断するのか？」

「そうではなく、ただ私は……」

「僕たちはね、ジオがその男に利用されてるか脅されてるんじゃないかって心配なんだよ」

「——ああ？」

少年の言葉にジオはまなじりを吊り上《つあ》げた。

王都学術院の最年少首席であり十六にして賢者の称号を与えられた少年は、しかし怯《ひる》むことなく続けた。

「だってさ、おかしいじゃない。もう何年も自分は質素な暮らしをして給料はほとんどその人に渡してるんでしょ？　そんなの誰だって奇妙に感じるさ。それに受け取るほうだって、ジオのことを大事な兄弟と思ってるなら少しは遠慮するんじゃないの？」

「わ、わたしも同じ気持ちです。あの方からはジオ殿への感謝が感じられません。当たり前のようにお金をもらって……王女殿下はジオ殿に愛情を持っておられました。今回のことも、ジオ殿のためを思ってなさったことで、その、悪気はなかったのではありませんか？」

治癒魔法士は女性として王女に同情的であるのか、とりなすようなことを言う。

「……おい、あんまりふざけたこと抜かすな。何も知らねぇ連中にレイルをどうこう言われたくねえよ」

「ああ、どうせ何も知らないよ。ジオが教えてくれないからね」

少年はふてくされたように言い放った。

仲間たちは本心からジオを案じているのだろう。しかしジオと仲間たちの間には明らかな食い違いが生じている。

口は悪くとも感情的になることは滅多にないジオが、こんなにも怒りを剥《む》き出《だ》しにして守ろうとする人物。レイルとは一体どんな男なのだろうか。王太子は個人的な興味からそんなことを思った。

為政者としてではなくそんな関心を抱くのは、王太子にとって珍しいことだった。

＊＊＊

ジオはその端麗な容姿と華々しい活躍に似合わず、地味な暮らしをする男だった。ジオの周囲の人間は彼の質素倹約ぶりを知っていた。

身なりは整えていたものの、気取ったことには一切金をかけない。食事はいつも騎士団の宿舎の食堂で済ませ、流行《はや》りの店に行くこともない。酒も付き合わず、女も買わず、まるで神に仕える神徒のようだとからかわれていた。

貧乏育ちのせいで金の使い方も知らないと蔑《さげす》まれても、吝嗇家《りんしょくか》だと馬鹿にされても、ジオはその生活を変えなかった。理由を訊かれても答えなかった。

そんなジオの金の行く先を仲間たちが知ったのは、魔王復活の時が迫った頃《ころ》のこと。魔王討伐の連携のため、彼らはジオが勇者として王家の剣を預かるより以前からチームを組んでいた。

ある日ジオは魔法士に「転移魔法を発動してほしい」と頼んだ。理由を訊ねると「金を渡しに行く」という。その返答に魔法士は「この人、実は借金でもあるのでは」と危ぶみ、自分も同行することを条件に承諾した。

そして魔法士は、訪れた先の田舎町の孤児院で、胡散臭《うさんくさ》い雰囲気をした優男にそれなりの重さのありそうな袋を手渡すジオを見たのだ。

優男は飄々《ひょうひょう》と金を受け取って悪びれもしなかった。礼を言うでもなく、わざわざ転移魔法まで使って訪れたジオを労《ねぎら》うでもなく無感動な目を向けていて、魔法士に気づくとヘラリと軽薄そうな笑みを見せた。

不健康そうで覇気のないその男は、魔法士に簡単な挨拶《あいさつ》をした後、ジオに「ちょっと頼むわ」と言ってどこかへ行ってしまった。

「あの方はどちらへ？」

魔法士が訊ねると、ジオは、

「さぁ、寝てんじゃねぇか？」

と慣れたふうに言った。

その後、魔法士はジオと共に孤児院の子どもたちに簡単な魔法を披露し、その理論やコツを教えてほのぼのとした時を過ごした。

小一時間ほど経《た》って、年かさの少女がジオのもとへ来て言った。

「ジオ兄、レイ兄がもう帰れって」

その言い草に魔法士は声も無かった。

厳しい任務の合間を縫ってこんな田舎を訪れ、少なくはない金を渡し、子どもたちの相手をしてやっているジオに対して、姿も見せずに子どもを通じて「帰れ」などと、敬意のかけらもないではないか。

ジオが名の知れた騎士になりつつある今、貴族だってここまで無下にジオを扱わないだろう。

だがジオはまた慣れた様子で「ああ、分かった」とだけ言った。

魔法士はジオが気の毒だった。


「毎月ああしてお金を渡しているのですか？」

魔法士は転移で王都に戻ってから訊いた。

「ああ。孤児院には金が要るからな」

ジオは魔法士と目を合わせた。鮮やかな青の両目が、魔法士の胸の内にわだかまるモヤモヤとした感情を見透かすかのようだった。

「自分が育った孤児院に金を送るのはおかしいことか？　つーかそもそも、なんでみんな俺の金のことを気にするのか分かんねぇな」

おかしくはない。むしろ美談だ。しかしジオのそれは施しの域を超えているように思えた。ジオはもう孤児院を出て十年は経っているだろう。

給金のごく一部をかつての我が家へ寄付というのなら疑問はない。だがジオの行いは過ぎたる献身と呼ぶべきである。健全な厚意を超えて被搾取性を感じざるを得ない。

それに周囲の人間はジオの金遣いを気にしているのではない。

ジオ・リュフターという人間の、超人的な活躍をしながら恬淡《てんたん》とした私生活を送るその特異さに注目しているのだ。

実際、ジオは特別な人間だった。その若さですでに化け物じみた逸話を幾つも持っている。

一番有名なのはリプタラス湖の怪獣をたった一人で退治したというものだ。リプタラス湖の怪獣は巨大な水生魔獣で知能と凶暴性が高く、この地の領主も領民も長年大いに悩まされていた。

これが退治されたという発表の直後、王家がジオに勇者の称号を与えたことで、その噂《うわさ》は信憑《しんぴょう》性《せい》を増した。

本人は「んなわけねぇだろ。部隊総出で討伐遠征したんだぞ」と言っていたが、その討伐遠征に参加していた者たちの中には、「あれはジオの手柄だ」と主張する者と、「大勢での攻撃で怪獣が弱っていたところにジオがとどめを刺しただけであって、ジオ一人の功績というわけではない」と主張する者が混在していた。

ジオの仲間たちがそれぞれ得た情報をまとめるとこうだ。

確かに初めは大勢での作戦を決行していたのだが、相手が超大型の水生魔獣ということもあって人間側は攻めあぐねていた。撤収も視野に入れつつ、あと数日作戦日数を延ばして敵の魔力を消耗させようという上官の決定が出ると、突然ジオが「大型魔力発動の許可をくれ」と申し出た。

ジオは全員に避難と冷却防御を言い渡し、周囲に一般民がいないことを確認後、リプタラス湖全域に強大な火焔《かえん》魔法を注入。焼けつくような蒸気を冷却しながら部隊が駆けつけると、巨大な怪獣は湖の真ん中に小島のように浮かんで死んでいたという。

「やり口がシンプルにえぐい」

「周辺の環境への影響とかカケラも気にしない単細胞ぶりがすごい」

「魔力量にものを言わせて怪獣を茹《ゆ》で殺す発想が脳筋すぎてもうなんか怖い」

ジオへの評価は様々だったが、どうであれ怪獣を始末したことは事実であり、周辺住民と領主には感謝されたようだ。

「そういやジオのやつ、週末に外せない予定があるから早く帰りたいって言ってたな」という者もいて、その発言は「ジオがデートのために邪魔な怪獣をぶちのめした」という尾ひれのついた噂となって、騎士団内で面白おかしく語られているらしい。

その件ではジオにも特別手当が出たらしいが、もしやその金まであの孤児院の男に渡してしまったのだろうか。魔法士はついそんな心配をした。

周囲がジオを持《も》て囃《はや》そうが馬鹿にしようが、特別手当が出ようが出まいが、ジオの暮らしぶりは何も変わらないように見えた。

相も変わらず一人黙々と鍛錬を積み、他人と馴れ合わないその姿勢は、デートなどという甘酸いものを感じさせもしない。

そうして禁欲的に己を鍛えて得た対価すら、ジオは自分のために使わないのだろう。

「そうですね……何もおかしくありませんよ」

魔法士は本心を語らなかった。せっかく打ち解けてきたジオの心が閉じてしまうと思ったからだ。

「お前は気にならねぇ？」

気にはなる。だがそう言ったら、ジオは今後自分に転移を頼むことはないだろう。

今回自分に声をかけてきたのは、魔王討伐の旅に出てからも定期的に孤児院への転移を頼みたいという事情らしい。もしここで魔法士が差し出がましいことを言えば、ジオは別の手段を取るつもりだというのは分かる。

魔法士は考えた。ジオには悪いが、孤児院の院長だというあの男はどうも信用できない。実直なジオを食い物にしているような印象を受ける。ジオとチームを組む以上、自分が見守ったほうが何かあった場合に対応しやすいのではないか。

「気にならないことはありませんが、口出しはしないことにします」

「ふーん。ならこれからも頼んでいいか？」

魔法士の回答に満足したのか、ジオは珍しくしおらしい口調で言った。

「彼とはどういう関係か、それだけ教えてもらえるなら」

「関係？」

ジオはなぜそんなことを訊きたがるのか分からない、という顔をした。

「あいつも俺もあの孤児院で育った。それだけだ」

「あまり歓迎されているようには見えませんでしたが」

「あー、あいつはあれでいいんだよ」

ジオは笑った。なぜか満足げに見える。

魔法士は「この人こんな顔して冷たくあしらわれるのがご褒美っていう変態さんじゃないでしょうね」などといらぬ心配をしたのだが、口に出すことはしなかった。

別れ際、ジオは魔法士に金を渡そうとした。魔法士が断ると、「それならもう頼まない」と言うので渋々受け取る。

今までは若い魔術師が小遣い稼ぎに転移を請け負ってくれていたそうで、報酬を支払うのはジオにとっては当然のことだったのだろう。だが魔法士は、ジオが頼ってくれたことで仲間として縮まった距離を、また離されてしまったようなもどかしい気分を味わった。

魔法士が口を割ったので、というより時々転移魔法でどこぞへ出かける勇者に皆が説明を求めたことで、ジオの涙ぐましい献身は仲間内で知られることとなった。旅の途中で二人も魔法を使って抜けるというのは実際あまり好ましくない。

討伐の旅に出てしばらくすると孤児院を訪ねていく余裕もなくなった。転移魔法もそこそこ魔力を消費するのだ。魔王の覚醒《かくせい》とともに生み出される魔気にあてられて、魔物は凶暴化する。いつ魔物の襲撃を受けるか分からない状況では魔力は温存せねばならない。魔気の強い土地では人間はなぜか魔力の消費が早い。

転移はできない代わりに、ジオが手紙を書くと、魔法士はその手紙だけ孤児院に送ってやった。孤児院に魔法陣を設置してきたおかげで、物を送るだけならさほど魔力を使わないのだ。

旅の間、ジオが律儀に孤児院の子どもたちを気にかける様子を見守り続けた仲間たちはジオへの親しみを深め、それはチームの連携に役立った。

個人主義的な性格のジオも、理解を示してくれる彼らには柔軟な態度を見せるようになり、それまで年長者である剣士と魔法士のサポートと個人の高い能力に頼って成り立っていた彼らは、牽引《けんいん》力の強いジオを中心に次第に纏まっていった。

彼らはジオの人となりを知るにつれ、戦士としては最強と謳《うた》われた彼の、人と接するうえでの不利な特性に気づくこととなる。

目標に向かって一直線に、脇目もふらず進み続けるジオの実直さは時に他者を置き去りにした。実利主義に加えて歯に衣着せぬ物言いは冷淡な印象を与え、その冴《さ》え冴《ざ》えとした美貌《びぼう》も相まって親しみを感じさせない。他人への興味も薄く、自分について語ることもなかった。

けれどジオは意見の異なる相手を否定や非難することもしなかったし、一つの案に拘泥せず、適宜作戦を変更修正する柔軟さもあった。意外にも仲間たちの体調にもよく気配りをし、負傷者が出た時は戦法についての見直しを細やかに行った。

自分の課題を淡々とこなし、自らの権利を侵させないそのかたわらで、他人の問題に介入することなく、その権利についても真摯に尊重していた。

仲間たちに言わせれば、ジオは不器用で誤解されやすい人物である。そのためかジオの周囲には心許せる人間が少なかった。親しくしているのは王太子やジオを目にかけている騎士団の上官、魔法と剣術の師くらいのもので、立場的に対等な友人はいない。

孤高の勇者がその孤独によって、いまだ古巣に執着しているのではないか。彼が誰《だれ》にも見せない心の脆《もろ》い部分を、冷たい手で弄《もてあそ》ぶ者がいるのではないか。

ジオの孤児院への献身を、仲間たちは様々に解釈した。

しかし彼らの善意はジオをうんざりさせた。

「お前らをレイルに会わせるんじゃなかった。今までのことには感謝するが、もう俺らに口出しするな」

「ジオ、なんでそんなにあの男にこだわるんだよ！　もっと自分を大事にして生きろよ！」

「うるせえ、こんだけ噛《か》み合わねぇやつに何言っても無駄だ」

「惚《ほ》れてるんだろ、ジオは。そのオスに」

獣人が言った。

「は？」

「え？」

「ん？」

「ええ？」

仲間たちはいっせいに獣人に視線を向けた。

「え……どういうこと……？」

「求愛だよ。番《つがい》に獲物を貢ぐのは当たり前のことだろ？　人間だって同じだと思ってたけどな」

獣人はニッと口の端を吊り上げて笑う。

「考えてもみなって。君らがああだこうだ言ってるその孤児院の兄ちゃんがもし女の子だったらどうよ？　たった一人で孤児院を守って貧乏子沢山で苦労してる幼馴染みの女の子な。その子に毎月給料渡して、時間作って会いに行って、マメに手紙書いてさ。旅先でちょっと評判の菓子店があったらわざわざ立ち寄って真剣にどれにするか悩んでたりして。どう？　ジオが脅されてるなんて思うか？　実際ジオの行動だけ見たらめちゃくちゃ単純で分かりやすいんだけど」

一同はポカンと口を開けた。

「いやいやいやいやいや、それはねえよ。いやなんかよく分かんなくなってきたけどたぶんそういうんじゃねえだろ。な、ジオ？」

「……お前に関係ねぇだろ」

「え、図星かよ!?」

「こ、これは図星のやつですね！」

「うん、図星のやつだね！」

「はい、図星のやつです！」

「え、好きなの？　あの兄ちゃんが？　嘘《うそ》だろそんな甘い雰囲気まったくこれっぽっちも微塵《みじん》もひとかけらもなかったぜ。わー……マジか。女っ気ねえと思ったらそういうこと？」

「交際しているんですか？　しているようにはまったくこれっぽっちも微塵もひとかけらも見えま

せんでしたが一応訊きますけどどうなんですか？」

「関係はどこまで進んでるわけ？　ヤッてるの？　キスどまり？　まさか手も握ってない？　ねぇどうなの？」

「どうなのですかジオ殿？」

恋愛なんてくだらない、とでも言い出しそうな戦闘成果第一主義であるジオのまさかの恋バナ展開に、仲間たちは先ほどとはまるで違うテンションで畳みかけてくる。

ジオはますます不機嫌になった。

「……うるせーな、何もしてねぇよ」

それを聞いた仲間たちは一様にうわぁ……と生温《なまぬる》い目をした。

「うわぁ可哀想《かわいそう》……」

「あれだけ貢いで何もないなんて……王都ナンバーワンの高級娼婦《しょうふ》だってもう少し慈悲がありますよ……ちょ、ジオ、変な意味ではないですから睨むのやめてください」

「ジオ……ヘタレすぎない？　それとも兄ちゃんが鉄壁すぎるのか……？」

「もしや肉体的に困難な事情がおありなのですか？」

気の毒そうに訊ねた治癒魔法士に、皆は目を剥《む》いた。まさか彼女の口から、男性的不能の話題が出る日が来ようとは思わなかったのだ。

「あ、いえ、その、たまにその症状で聖殿に相談に来られる方がおりますので…………」

普段は聖殿に所属している彼女のもとへ、高度な治癒魔法を求めて通う貴族は数知れない。淑女然としているが、第三者として貴族の身体的な内情を知る機会が多いせいで彼女は耳年増《みみどしま》であった。

「お前らいきなり何なんだよ。意味分かんねぇ」

ジオは毒気を抜かれてしまったようだった。仏頂面のままだが、据わりが悪そうにも見える。

ふはは、と獣人は笑ってジオの肩を叩《たた》いた。

「オレ、ジオが番に会いに行った日って分かるんだ。匂《にお》いが違う」

普段のジオはあまり匂いの変化を起こさないため、分かりやすいのだと獣人は語った。

「ジオ、人間は鼻がきかないからさ、矛盾のない物語を見せないと誤解されるんだぜ。あるところに一人の男とその兄弟がいる。兄弟とはいっても血の繋《つな》がりはない。それなのに男は兄弟にせっせと餌を運ぶ。なぜなら秘密にしているけど実は兄弟と番いたいと思ってるから。最後の部分が謎のままだと、人間は勝手に自分の想像でその矛盾を埋めようとする。他の物語を作るんだよ」

「その物語とやらの悪意ある改竄《かいざん》、もしくは捏造《ねつぞう》を指摘し、訂正を要求する義務は誤解された側にあるのか？　だったら被害者側が不利な悪法にもほどがあるぞ」

「こらこら、君のそういうとこがアレなんだぞって話よマジでこの野郎。そもそもジオがもうちょっと他人の目を気にするやつだったら……ってそれはもうジオじゃないよなぁ。難しいね。ただオレもこいつらに教えてやれば良かったなって、今さっきちょっとだけ後悔したかな。人間領は男同士の番ってそこまで一般的じゃないから、ピンとこないのも無理はないしさ。けど獣人って基本的に番同士の事情に外からアレコレ言うってことないんだよ。文化の違いっていうの？」

「ジオ、俺たちだってそういうことだと知ってたらもっと……もっとこう……いや、やっぱダメじゃねぇ？　どう見ても脈なしじゃねぇ？　ジオが好きでやってるのは分かったが、あの兄ちゃん全然ジオに興味なさそう」

「応援するとはちょっと言い難いというのが本音ですね。当たって砕けろと言ったところで、実際砕け散りそうですし。私、あの人がジオに笑いかけているのを見たことないですよ」

「聞いた話だと好かれてそうではないもんね。ていうかジオだって行動はともかく、態度としては全然好きそうじゃないし、不器用すぎない？　だから僕たちも邪推しちゃったわけで……言い訳だけどさ」

「そうですね……印象だけでものを言ってしまって申し訳ないです。しかしジオ殿、お気持ちを打ち明けないのはなにか理由があるのですか？」

ジオは鬱陶《うっとう》しそうにガシガシと頭を掻《か》いた。

「あのな、別に俺はあいつとヤリたくて金を渡してるわけじゃねぇよ。それにあいつに貢いでるわけでもねぇ。孤児院だぞ？　チビたちのための金なんだよ。当たり前だろ。レイルが俺の金を使ってんじゃなくて、レイルは孤児院に寄付された金をチビたちのために正当に使ってるだけだ。それもかなり考えながら賢くやってる。あそこはお貴族さまの尊い施しは受けつけねぇんだ。昔、見返りに子どもを寝所に寄越《よこ》せって変態がいたからな。だからいつだってカツカツだ。なのにチビたちの発育が良くてメンタルも安定してんのは、レイルがそうなるように必死で環境整えてきたからなんだよ」

孤児院を訪れたことのある者は、ジオの説明に驚いた。

あの孤児院がそこまで困窮しているとは感じていなかったのだ。子どもたちは礼儀正しく活発で、遊び方は年齢に合わせてルールが決められており、ふとした所作などに受けた教育があらわれていた。

身なりも質素ながら清潔で、建物は古いなりに清められていて、貧すれば鈍するといった荒《すさ》んだ雰囲気がなかった。

富裕民からの保護なくしてあの暮らしを保つのは、確かに並大抵の工夫と努力ではあるまい。

「俺の金がどうのって言うが、団の宿舎は飯も出るし、寝床もある。服だって一部支給される。使うところがねぇだろ。よそで高い飯を食ったからってなんだっていうんだ？　うまいものをたらふく食っても腹に脂がたまるだけだ。東国の剣の秘伝書にも書いてあるぞ。大食は悪なり、美食は可なり、粗食は善なりってな。一食で金貨何枚って飯が食いたいやつは食えばいいと思うぜ。けど俺は興味ねぇよ。酒飲んで頭がまともじゃない時間が無駄だし、女買う意味も分かんねぇ。一年分に換算してみろ。その金でチビたちの飯の何食分だ？　その時間で魔法書が何冊読めるんだ？　俺は要らねぇもんに金も時間も使いたくねぇ。それに装備とか書物とか、これでも必要なものには必要なだけ金をかけてるんだ。お前らが思うほど我が身を削ってるわけじゃねぇから大袈裟に言うな」

うわぁ……と面々は遠い目をした。

ジオの圧倒的な戦闘能力と瞬時の状況判断力は、才能といったことも勿論《もちろん》だろうが、ジオ本人の普段の在り方によって高度に精錬されたものらしい。単に己を効果的に鍛え、戦いに有用な知識を得ることにしか興味がない。

それはジオらしいといえばそうだし、もう少し何かあるだろ、と思わなくもない。

賢者の少年にとっては大いに共感できる主張と言えた。彼もまた自身の邁進《まいしん》できる分野に人生の熱量を最大限に投じてここまできた人物である。

ただ彼は裕福な貴族の子息であり、そんな彼から見てジオの生活は「割りに合わない」の一言だ。成果を出せば対価が得られる。それは自由であれ権限であれ、金にも劣らぬ価値がある。だがその対価さえジオは他人に与え、または辞退しようとしている。勇者の称号とて聖剣と共に返上されるのに、それに代わる地位を得ないのであれば使い捨ての兵隊と変わらない。

有形無形を問わず資産を増やしていくのが目的のこの社会のゲームにおいて、これでは何が楽しくて生きているのか分からないではないか。

「俺の生活が貧乏くせぇって言うのは勝手だ。けど孤児院はそんなもんじゃねぇぞ。今はレイルが気をつけてるから飯が足りないなんてことはねぇけど、俺らの時はたいてい腹が空《す》いてた。満腹なんてことはまずねぇ。レイルは昔っから下のやつに自分の飯を分けてやってるせいでガリガリだ。その頃《ころ》だって年下の俺より細かったくせに馬鹿なんだよ。すっかり胃がちいせぇまんま育っちまって今さら食えっつっても大して食えねぇし太れねぇ。せっかく少量で太れそうな菓子をくれてやってもチビどもに全部やっちまう」

心底嫌そうな顔をしている。

そういうところがややこしいんだ、お前は。剣士は思った。

素直にお前に食わせたくて買ったんだって言えよ。聞いた感じ、渡しただけじゃ食わねぇの分かってんじゃねーか。くそ、俺も見る目がねぇ。あの兄ちゃんにはひでえこと言っちまったな。

「生まれたての捨て子から十五程度でどっかに雇ってもらえるまでのガキどもの大所帯だ。常に何かしらの問題が起こる。誰かが風邪ひきゃあ連鎖で数人不調になるし、赤ん坊が高熱なんか出そうもんならレイルは数日はまともに寝られねぇ。去年は赤ん坊が増えたからそれだけで大変そうだったしな。俺がいる間なら昼寝くらいさしてやれるが、そんなもん何の足しにもならねぇくらいあいつは万年寝不足だ。そのくせ俺に気ぃ遣ってさっさと帰そうとしやがる」

もしかして、と魔法士は思った。

初めてジオと共に孤児院を訪ねた際の、レイルの様子を思い出す。顔色が悪く、いかにも不健康そうな彼が姿を消した時、ジオは「寝てんじゃねぇか？」と当たり前のように言っていた。

彼に束《つか》の間《ま》の安息を与えるために、ジオは彼のもとへ通っていたのだろうか。

彼がジオに帰れと促していたのは、忙しいジオを思ってのことだったというのか。

子どもの世話で疲弊しきった彼に対し、自分は事情も知らないままジオをもてなさないからと腹を立てていたのだ。

ジオは支援者という客人としてあの場所を訪れていたのではない。

ひとりで孤児院を守るレイルのパートナーとして、彼を支えようとしていたのに。

「誰《だれ》と誰が喧嘩《けんか》したとか、誰それが使いに出て帰ってこないとか、就職して院を出た女子が雇い主にセクハラされて泣きついてくるとか、うちのチビが近所のガキと喧嘩してその親に一方的にブチ切れられるとか、そんなことの連続なんだぞ。院では当たり前に年が上のやつが下の面倒を見るが、十五だってガキはガキだ。最終的にはみんなレイルが背負ってんだ。面倒事の対処してチビどもの世話して金掻き集めて勘定のやりくりして、その上あいつは俺に感謝までしなくちゃいけねぇのか？　愛想笑いでもしなけりゃ金を受け取る権利がねぇってか？　そんなわけねぇだろ」

ふん、と鼻をならす。ジオは決然として言った。

「あいつはあれでいいんだよ。感謝だの笑顔だのうるせえってんだ。あいつはやっと俺の前では気ぃ抜けるようになったんだぜ。ああなるまで何年かかったと思ってやがる。レイルの人生で何もしなくていい時間なんてたぶんほとんどなかった。自分のことだけ考えてりゃいい日なんかねぇんだ。気ぃ遣わなくていい相手なんていなかったんだよ。それなのに今さら、金をやるからケツ貸せなんて言って俺があいつのメンタル削ってどうする」

あとは沈黙が支配した。

レイルに悪感情を抱いていた面々は、自らが見ようともしなかったレイルの苦労や尽力と、その素地としてある子どもたちへの誠実な愛情を、ジオという証人から叩きつけられた思いがした。

そして、自分たちが正義の剣という凶器を濫用し、ただ懸命に生きていただけの青年を刺したのだと自覚した。

また、熱情も享楽も削ぎ落してひたすらの安寧をレイルに捧《ささ》げんとするジオの、かたく押し殺しながらも抑えきれずに滲む感情の底知れぬ熱量に圧倒され、ジオのからだの心髄から吐き出されたほんとうの願望の、無垢《むく》とも呼べそうなその健気《けなげ》さを思い知る。

ジオの表現はやや露悪的だが、ジオが気持ちを伝えることはレイルにとってつまりそういうことになってしまうのかもしれない。だから言わないのだ。

そうであるならば、ジオの兄弟への想《おも》いは知られることもなく、報われることも決してない。それでもいい、とジオは腹を括《くく》ってしまっている。

あまりに一途《いちず》で、その一途さが悲しかった。

ふ、と王太子が苦笑する。

「……我が妹に勝ち目はなかったな。英雄殿ははなからその兄弟殿にしか興味がない」

「それは問題が別だろ。俺はガキのお守りは孤児院のチビだけで手一杯だ」

「あの子ももう十七なのだがね」

ジオは「ふん」と鼻で笑った。

「それにしちゃあ乳くせぇな。勇者を何だと思ってんのか知らねぇが、それなりの魔力量があって武功が欲しい連中を集めたうちの一人ってだけだろ。俺に理想を重ねすぎだ」

「お前は口さえ閉じていれば、絵に描いたような高潔な騎士だからな」

二人の軽口を聞きながら、剣士はそうなんだよな、と思った。

剣士は初めてジオの兄弟に会った日のことを思い出していた。くすんだ金髪を肩に垂らした、痩《や》せぎすの男。体にぴったりとしたシャツを着崩して、覗《のぞ》く胸もとには高価な青い石のペンダントを下げている。微妙に顔色が悪く、顎《あご》には目立たない程度の不精ヒゲが生えていて、気怠《けだる》げな顔つきでジオから金を受け取っていた。

ジオにくっついて押しかけた剣士に茶をすすめ、ゆっくりしていってくれと言ったきり、ジオに目線だけくれてどこかへ行ってしまった。ジオが小さく頷《うなず》き返していたのが印象的だったのを覚えている。

ジオと男はろくに挨拶も交わさず、会話も最低限のものだったが、それでも通じ合う何かを共有していた。それは当時、自分たちのチームにおいては確立されていないものだった。

何となく窓の外を見ると、庭で中年の婦人と男が話をしているのが見えた。

男はジオと並ぶと小柄に見えたのに、痩せているだけで背は高いことが分かる。婦人は手に提げていた包みのようなものを男に手渡し、男はそれを恭しく受け取った。

二人は笑顔で会話をしていただけなのだが、剣士は安い娼婦につきもののヒモみてぇなやつだな、という印象を持った。孤児院におさまっているには若すぎるということもあるが、どこか軽薄な雰囲気のある男だった。そのせいだろうか、彼に対する見方が偏ったものになってしまったことは否めない。

高潔な騎士と、ヒモくずれの男。獣人の言う通り、自分は彼らの表面的な情報から、虚偽の物語を作り出していたのだ。

「なぁ、これから兄ちゃんを迎えに行くのか？」

「そのつもりだ」

ジオは当然といった様子で頷いた。

「お前のことだからもう居場所は分かってるんだろ？　俺も一緒に行くぜ」

「私もぜひ」

「じゃあ僕も」

「わたしもご一緒したいです」

「断る」

「おい、何でだよ」

「お前ら最近レイルに余計なこと言ったらしいな。ウィリーが……孤児院のチビどもの親玉みてぇなやつがいて、そいつがお前らを出入り禁止に指定してきた。レイルに客が来ればあいつらは隠れて盗み聞きしてんだよ。言っとくが俺もチビどもも、レイルに舐《な》めたマネしやがるやつは死んでいいと思ってるからな」

殺されないだけありがたいと思え、とでも言いたげな不遜《ふそん》さでジオは彼らをねめつけた。

「お、おう……お前って恋愛上だとそういうキャラだったのか……いや、うん。ほんとその件については悪かった。謝罪をさせてくれ」

「俺たち孤児は善意の上から目線ってやつには慣れてんだよ。上っ面のご託ならいらねぇ」

「ジオ、謝罪を受けるかどうかは兄弟殿に判断してもらうというのはいかがでしょう？　私もご本人に直接非礼を詫《わ》びたいですから。それにあなたとの友情も、このまま終わらせたくはないんです」

魔法士はじっとジオの目をとらえて更に言った。

「あなたにも謝らないといけないですね。あなたの大事な人を傷つけて、申し訳ありませんでした」

切った張ったの局面には強いジオだが、こういった情緒的な展開は鳥肌が立つほど苦手である。

「……レイルに謝ったらすぐ帰れよな」

ジオは複雑そうな顔をしながら渋々と言った。

「よかった！　じゃあジオへの詫びとして、ジオが女はさることながら男にもモテモテって話を兄ちゃんにしてみようぜ。兄ちゃんも少しは意識するかもしれねぇしさ。ジオからは告らなくても、兄ちゃんがその気になってくれるなら問題ないだろ？」

やっぱりこいつらには何も語るべきではない。ジオは無表情の下で思った。

「ジオへの詫びですか……私の転移魔法を使えば今すぐにでも兄弟殿を迎えに行けますが」

「えーとえーと、それではわたしは聖殿特製カップル専用ラブポーションをご提供します！」

「!?」

皆はまたしても絶句した。

この娘、セックスって異教の宗教儀式か何かですか？　なんてキョトン顔で言いそうな風貌をしているくせにこれである。

聖殿においては聖女とも呼ばれる彼女が、こんなに明け透けな物言いをしていて大丈夫なのか、と王太子はいらぬ心配をした。

「ちゃんと合法のやつですよ？　安心安全がモットーの、製造待ちが出るくらいすごい人気の商品です」

そういう問題ではない、と誰もが思ったがジオの「いらねぇよ」の一言で片付いた。

結局全員が行く気満々である。

「そうと決まれば早速行くとするか」

「あんたも行くのかよ」

「妹の償いをせねばならんだろう」

「王太子殿下が転移魔法でいなくなったら大騒ぎになるぞ」

「すぐに戻れば問題なかろうよ」


こうして元勇者一行は、一人の平民の男のもとへと旅立った。

＊＊＊

レイルが調理場で皿洗いをしていると、赤髪の少女が駆け込んできた。

「レイル！　今日の午後は劇場に行くわよ！」

「お嬢さま、俺はこの後は買い出しと掃除がありますから行けません。他の者を連れて行ってやってください」

「嫌よだめだめだめ！　ウルカもノノもピックスも芝居中寝ちゃうんだもの、白けるったらありゃしないわ。その点レイルは寝たりしないし登場人物も全員覚えてるし見終わった後の感想も言い合えるし絶対レイルじゃなきゃ嫌！」

片腕にしがみついて駄々をこねるので、レイルは思わず苦笑した。孤児院の子どもたちを思い出す。もっとも、孤児院では少女と同じ年頃の子はもっと大人びていて、こんなふうに甘えることは滅多にない。

自身も孤児院育ちであるレイルには、普通の家庭で育った十三歳の子の普通の甘え方というものが分からない。だがこの少女を見ていると、家庭の中で二親に愛されて育ったのだということがよく分かった。

それは幸せの気配が感じられて微笑《ほほえ》ましくもあり、孤児院の子どもたちのことを思って切なくもなる。

「レイル、悪いが付き合ってやってくれ。他のやつらもそのほうが助かる」

主人が溜め息交じりに言った。

レイルがこの宿の下働きに雇われて五日が経《た》つ。地方都市の繁華街の近くに位置するこの宿は、大きくはないが立地の良さで繁盛している。建物の古さが少々目立つものの、従業員の愛想がよく、掃除も行き届いていた。

レイルはほとんど着のみ着のままで孤児院を出てきて、手持ちの金がない。住み込みの仕事にありつきたいと思っていた。この宿に目をつけ、飛び込みで雇ってもらえないかと掛け合ったところ、幸運にもその場で採用が決定したのだった。

「じゃあ決まりね！　一時間後にここに集合よ、昨日《きのう》買った服に着替えてきてね」

少女はバタバタと去って行った。

「俺もう三回連続なんだが、他に行きたいやついないのか？」

少女は現在劇場で公演されている芝居に熱を上げていて、その付き添いにレイルはもう二回も劇場に通っていた。今日も行けば三回目だ。

芝居見物をして給料をもらうというのも悪い気がするし、他の従業員だって芝居が観たいかもしれない。そう思って遠慮をしたのだが、彼らは笑って首を振った。

「レイルが来るまでは俺らがお供してたんだぜ？　さすがにもう見飽きたよ」

「付き添いだけならいいんだけど、終わったら感想求められるのがなぁ。俺、女優の乳がデカいって言ったらキレられたぞ」

「お嬢もよく飽きないよな。ほとんど毎日通ってるぜ」

「レイルも飽きたら言えよ？　その時は代わりに誰かが行ってやるからさ」

「まぁお嬢もそのうち落ち着くとは思うけど」

宿の人たちはみな気取らなくて気さくだった。

下働きというのは十代の少年ばかりかと思いきや、意外にも皆レイルよりいくらか若い程度に見えた。

海に面した観光地であるこの土地は人の行き来が多く、入れ替わりも激しいのだという。短期間だけ町で働いて船賃を貯《た》め、ふらりと他国へ渡る者もいるらしい。

同世代の親しみもあってか、彼らはレイルを気遣ってくれる。新入りのレイルにも、下働き同士敬語なんか使うことはないと言って、初めから仲間であったかのように接した。

それはとても新鮮に思えた。

親を心配するような孤児院の子どもたちのそれとも違うし、寄付をしてくれる町の人たちの哀れみ交じりのものとも違う気がした。きっとそれを受け取る自分の気持ちが違うのだ。

レイルはふと考える。俺はこの人たちを守る役割を負っていないし、この人たちも俺に施しをする必要がない。

対等な立場の者から発せられる軽やかで単純な厚意というものを、レイルは初めて知ったのだ。彼らは職場の先輩ではあるが同じ下働きだし、レイルの生い立ちなど知らない。

「うん、ありがと」

礼を言うと、彼らはピタリと動きを止めた。

「……レイル、ほんと髪切って正解だったな」

まじまじと顔を覗き込まれる。距離の近さに、レイルはぎょっとして後ずさった。

「そ、そうか？」

「うんうん、そうだよ。昨日まではこうやって迫られても余裕でニヤニヤしてそうな顔してたもん」

「分かるわー。人妻食いまくってそうなキャラしてたわ」

「どんなキャラだよ……」

「いやー実は俺らも、ヤバそうな新人が入ってきちゃったなって思ってたんだよ。コイツまともに仕事できんのかよって」

「それなのにめっちゃ真面目《まじめ》で拍子抜けしたわ。レイルが朝起きて真っ先に店前の通りの掃除してるの見て、親父《おやじ》さんすげー感激してたぞ。ある意味詐欺だな」

「ほんとほんと。気も利くし手際も良いし、そんな細い体して意外と力仕事もいけるしさ。レイルって見た目で損してるなって、みんなで話してたんだ」

「それがお嬢に拉致《らち》られて帰ってきたらこれだもんな。昨日着て帰ってきた服もまともだったし」

「髪型と服装だけで人間って変わるもんなんだね」


昨日、レイルは今日と同様に調理場へ駆け込んできた少女によって外へ連れ出された。

また芝居見物かと思いきや着いた先は髪結いで、少女の指示のもとレイルの髪はバッサバッサと切り落とされ、併設の服屋で既製の服も一通り揃《そろ》えられたのだった。

金がないからと断ったが「父さまが出すわよ！　住み込みの従業員の身だしなみは経営者の責任だから！」と押し切られた。

一通りのことが終わった時には、少女も店の人間もたいへん満足げであった。

「これで結婚詐欺師から近所の素敵なお兄さん風になったわね」

「お嬢さま、腕のいい結婚詐欺師はいかにも結婚詐欺師という見た目はしておりませんよ。よって、三流の結婚詐欺師から一流の結婚詐欺師に昇格した姿と言えますわ」

などと謎の会話をしていた。

「短いと髪乾くの早くて楽だな」

肩より伸びていた髪が耳が出るほど短くなり、レイルが一番嬉《うれ》しかったのはそれだ。

「わざと伸ばしてたんじゃねーの？」

「いや、いつも世話になってる髪結いのおかみさんに任せてただけだ」

「そのおかみさん何歳くらい？」

「えーと……お婆《ばあ》さんってほどじゃないくらい？」

「あー、それでちょっとセンスが古かったのな」

「昔は流行《はや》ったっぽいよな、ちょっと女くさいっていうか、お耽美《たんび》っての？　服装もちょいエロでモロそんな感じだし。今どきそんなパツパツのシャツ着るやつ、水商売の野郎くらいだぜ」

「ちょ、ウルカ、さすがにハッキリ言いすぎ！　気にすんなよレイル」

今まさに着ているシャツを指差され、レイルは衝撃を受けた。俺ってそんなにダサかったのか。知らなかった。というかそれどころじゃなかった。

そもそも彼らのようにセンスとやらを気にしたこともない。孤児院によくしてくれる町のご婦人たちが、その一環としてレイルに与えてくれるものを、ただ有難く受け取っていただけなのだ。

このシャツだってサイズはきつめだが着られないことはない、と半ば無理矢理着ていた。上背があるがかなりの細身であるがゆえの功罪といえる。

「……給料出たら、シャツ買おうかな」

「おー、なら次の給料日に一緒に行くか？　安いのがいいなら古着屋も何軒かあるし」

「ほんとか？　助かるよ。俺、服って自分で選んだことなくてな」

子どもの頃《ころ》はずっと年上の子のお下がりで、少しの間就職して院を出ていたこともあるが、生活費を差し引いた分は仕事に役立ちそうな知識を得るため本を買うのにあてていた。

そのうち老齢だった院長が死んで、レイルが穴埋めに院長になった。初めのうちは仕事の合間に院の手助けに行っていた程度だったのだが、それだけではどうにも回らなくなり、仕事を辞めてしまった。

人生のほとんどの時間を誰かの施しによって生きてきたために、自分で自分のために何かを選び手に入れるということ自体、レイルにとっては経験が少ない。

「……お前ってさ」

「ん？」

「いや、まぁそのうちな」

じっと探るような目をした後、青年はすっと目を逸《そ》らしてレイルの肩を軽く叩いた。

「さ、まかない食っちまおう。芝居に間に合わなくなるぜ。万が一でもお嬢を待たせるとめちゃくちゃうるさいぞ」

ウルカという名の青年は、黒髪に灰黒の目をしていた。少しだけジオに似ているとレイルは思っている。目つきが鋭いところや、遠慮なくものを言うけれど行動は親切なところなんかが。

ジオはもしかしたら怒っているかもしれない。俺が黙って出て行ったことも、金を置いていったことも。

ジオは俺が何をしようと気に食わないようだから、どうせちゃんと伝えて行っても怒るし、金を持っていっても怒るだろう。

いやどうだろう。金を持っていかないほうが説教は長そうな気もする。

レイルにはジオがなぜ怒っているのか分からないことが多かった。昔は分かることのほうが多かったと思うが、今は半分くらいしか分からない。

ただ、結局は今も昔も一緒だろうということは理解していた。つまりレイルとジオは違う人間で、ジオの正しさとレイルの正しさが、どうしようもなく異なるせいなのだ。

それでも、ジオはずっと俺を助けてくれた。兄弟として。

すっかり癖になっている動作で胸に手をあて、レイルはシャツの下に隠したペンダントの感触を確かめた。

＊＊＊

「はぁ……今日も最高だったわね……」

「はい……今日も最高でしたね……」

「勇者さまのあの一途《いちず》なこと……魔族の女に誘惑されても王女への愛を貫き見向きもしない場面、さいこう！」

「勇者を励まし、支える王女さまもよかったです。勇者が身分の低さを笑われた時の王女さま、めちゃくちゃ毅然《きぜん》と言い返してて痺《しび》れますね」

「わかる～でもお互い想《おも》い合っているのに、勇者さまは王女への気持ちを隠し続けるの切ない～さいこう～」

「身分違いの恋の苦しさってやつですよね」

「でもハッピーエンドでよかった。これで二人が結ばれなかったら悲しすぎるもの」

「本当に、そう思います」

少女とレイルは劇場の客席でうっとりと終幕の余韻に浸っていた。

劇の内容は、魔族との苛烈な戦闘に挑み国を救う勇者と、仲間たちの友情。そして勇者とその国の王女が恋に落ち、身分違いの障害を乗り越えて結ばれるまでの過程を描いたものだ。

少女に連れられて、生まれて初めて劇場での本格的な芝居を観たレイルは、その初日にあまりの感動に涙し、言葉もないほどだった。

その感動に打ち震えるさまを見た少女は、レイルのことをいたく気に入り、宿屋に帰る道すがらも帰ってからも、役者について熱く語ったり、レイルにその芝居のパンフレットを読ませてくれたりした。そして次の日も劇場に行くのにレイルを伴った。

他の従業員は見飽きたと言っていたが、レイルは今日で三度目になるのにまったく飽きない。観るたびに違う感動があり、ますます見どころが広がる気がした。

ジオはジオ自身について、レイルには何も語らなかった。

魔力量の多さと身体能力を見込まれて、田舎《いなか》の自警団から王都の騎士団へ行った時も。勇者候補として特殊訓練生になった時も。勇者の称号を得て魔王と対決することになった時も。

ジオはレイルに何も言わなかったし、レイルもそういえば何も訊かなかった。二人の間にはそういう習慣がなく、何よりレイルはジオを心配したことがない。

ジオは昔から体も丈夫で頭も良かった。自分自身というものを確立していて、自分に対して誠実だった。弱い者にあたらなかったし、強い者におもねらなかった。己の欲しいものを知っていて、そこに向かって突き進むことができた。そういう人間は、たいていのことは乗り越えていくものだ。だからジオは大丈夫。レイルは単純にそう思っていた。

芝居の勇者は雄弁だった。

役者なのだし筋書きがあるのだから当然である。しかしこの芝居は本物の勇者、つまりジオの半生をモデルにしているらしく、ジオの語らなかった様々な困難や苦悩がこんなにもあったのか、とレイルは落涙をこらえられなかった。

平民であるジオが貴族中心の騎士団で不当な嫌がらせや中傷に遭い、悔し涙にくれながらも耐え忍び、それでも腐ることなく訓練を積む日々。

そんなジオに心を寄せ、彼をかばい、励ます王女。

国民のために強大な敵を討つことを熱望し勇者として立ったジオと、その正義心に共感し彼のもとに集結した仲間たち。

彼らの旅立ちを見守る王女と、これが今生の別れの日になるかもしれないと思いながらも、王女の手の甲に臣下としてのキスをするしか許されないジオ。

苦しい闘いの日々と大いなる決戦。

ジオがこんなにもその内側に激情を秘め、苦悩と葛藤《かっとう》の日々を送っていたなんて、レイルは知らなかった。日々の生活に追われていたせいもあるが、深く考えなかった。ジオが金をくれることには感謝していたが、その重みを理解していなかった。

ジオの仲間たちや王女さまが、俺を邪魔に思うのは無理もないことだな。俺はもらうばかりで、ジオの役には立てないから。

レイルはしみじみと納得したものだった。

とはいえ、レイルが何か訊いたとしても、ジオがその心の内を語るとは思わない。きっと余計な気を回したところで気を悪くするだけだろう。その程度の付き合いしかできないならばジオの側《そば》にいるべきではない、と彼らはレイルに言いたかったのかもしれない。

それは彼らにとっては正しい考えに違いなかった。

だがレイルは自分がジオの支えになれるとは思わなかったし、ジオもそれを望まないだろう。彼らと自分とでは役割が違うのだ。

レイルはそんな自分を恥じたりはしない。ほとんどすべての民が、王さまになれない自分を恥じはしないのと同じ理屈だ。

レイルのほうが年上だったけれど、ジオは昔からレイルを頼りにしたことはなかった。最初からジオはレイルが守るべきか弱い存在ではなかった。それだけのことだ。

ジオは結局は苦難を乗り越え、魔王を倒した。そしていずれこの芝居の筋書きのように王女さまと結婚するだろう。

ほら、やっぱりジオは大丈夫だった。レイルは既知の事実を再確認した。この先も、仲間たちと王女さまに支えられて幸せに生きるだろう。

この劇場にいる他の観客たちと同じように、レイルは勇者が迎えた幸せな結末を心から祝福した。

＊＊＊

「さぁレイル、そろそろ行くわよ。今日こそユーム様のサインをもらうの！」

「あれ、先日ももらってましたよね」

「あれは役名だったから、今度は役者名でもらうのよ」

「な、なるほど」

劇場の関係者出入り口付近で、大勢の女性たちに交じって出待ちをしていると、後ろから声をかけられた。

「レイルさん、ごきげんよう」

レイルが振り返ると、白毛の毛並みが美しい女性の獣人が立っていた。

「ミルバンヌさん、こんにちは。あなたも観劇に？」

「ええ、すっかりファンですわ。出来のいい芝居ですね」

「分かります。俺はお嬢さまの付き添いなんですが、つい本気で見入ってしまって。ほら、さっき絵姿まで買っちゃいました」

レイルが差し出した絵姿は劇場内で販売されているもので、役者たちの絵姿から関連商品まで幅広く取り扱っている。

少女が勇者役の役者にまつわる商品を選んでいる間、レイルは王女と勇者のツーショットと勇者とその仲間たちが描かれている絵姿を手にしていた。

こんなものを買うのは生まれて初めてだ。だが今は住み込みで働いていて食うには困らないし、ちょっとくらいの無駄遣いはいいかと思えた。

「レイルさんはどなたがお気に入りですの？」

「俺は王女さま推しですかね……ミルバンヌさんは誰《だれ》がお気に入りですか？」

「そうですね……ところでレイルさん、髪型変えまして？　お召し物も素敵だわ」

「あ、はい。昨日《きのう》ちょっと色々ありまして」

「いいでしょう？　全部私が選んだの」

少女が口を挟むと、ミルバンヌはまぁ、と目を瞠《みは》った。

「お嬢さま、お手柄ですこと。昨日までは退廃的で危うい香りのする男に汚されたい女性が寄ってきそうでしたけれど、今は将来を見据えて結婚を意識し始めた女性が寄ってきそうな見た目に仕上がっておりますわ。あとは睡眠と栄養が行き渡れば完璧《かんぺき》です」

しげしげと眺められてレイルは困惑した。迂遠《うえん》な言い回しながら、昨日までの自分の外見はよほど酷《ひど》かったらしいと分かる。

さほど見た目に気を遣っていなかったのは事実だが、そんなに柄の悪い男に見えていたのだろうか。宿屋の主人はよく雇ってくれたものだ。

「と、ところでミルバンヌさん。護衛は見つかりましたか？」

レイルとミルバンヌの出会いは、レイルが孤児院を出たその日のことである。

通りがかりの親切な馬車や荷車に乗せてもらい、昼過ぎには少し大きな町に辿《たど》り着《つ》くことができた。

今日はここで安宿を探すか、それとももっと先に進んで、次の町に辿り着かなければ野宿しようかと考えながら大通りを歩いていたレイルは、真正面からドンッと衝撃を受けて尻《しり》もちをついた。

目の前には同じように倒れた女性があり、慌てて立ち上がって手を差し伸べた。

「すみません、考え事をしていたせいでぶつかってしまったようです」

女性はレイルの手を取り、軽やかに立った。その動作のしなやかさにレイルは驚き、まともに視線を合わせてまた驚いた。

「こちらこそ不注意でしたわ。失礼をお許しくださいね」

見事な白毛に、ピンと立った耳。大きな大きな緑の瞳。女性の獣人をこんなに間近で見たのは初めてで、レイルはどぎまぎした。

獣人は旅装という出で立《いた》ちではあったが身なりがよく、その上一人だった。いくら田舎町でも金持ちそうな女性の一人歩きは危険である。宿まで送ろうと申し出ると、獣人はこれから出立するのだと言った。どうやら急ぎの用事らしい。

「レイルさんはどちらへ向かうご予定ですか？」

「えっと、パファムジアに行こうかと思っています」

パファムジアは大きな港町として知られている。レイルは海を見てみたかった。

「あら偶然！　私の目的地もパファムジアですの、ご一緒していただけませんか？」

「え、でもあの」

「さあさあさあ急ぎましょう！　田舎町の高速転移運行営業所は便数が限られていましてよ！　今すぐ行かねば最終の発動に間に合いませんわ！」

「いやでも高速転移ってめちゃくちゃ高額なんじゃ」

「私が無理を言ってお付き合いいただくのですから料金はお支払いします！」

「それはさすがに悪いです！」

「お気になさらず！　お金ならジ……じゃなくて我が家は裕福ですからこれくらい屁《へ》でもありませんわ！」

そういうわけで、何日も歩きどおしになるはずの旅程は、たった数分の手続きと数秒の魔法転移により大幅な短縮をすることができた。

こうしてレイルは地方都市パファムジアに入り、運よく宿屋に雇われて今に至る。

ミルバンヌはレイルに引き続き付き人役をしてほしいと頼んだが、彼女が金持ちならきちんとした護衛を雇ったほうがいいと思い、これを断った。

ミルバンヌはふうっと溜め息をついた。

「あいにく腕のいい者が見つかりませんの」

「今日もお一人ですもんね。けど女性の一人歩きは危ないですよ。ミルバンヌさんはお綺麗だし……」

平民でも金持ちで身なりのいい女性は一人では出歩かないものだ。ミルバンヌは獣人で姿も美しく、余計目立つ。

「まぁお上手ですのね。何でしたらレイルさんが護衛になってくだされば今すぐ解決しますけれど」

「ちょっと！　レイルを引き抜こうっていうなら黙ってないわよ！」

「あら、ごめんあそばせ」

抗議の声を上げた少女に、ミルバンヌはにんまりと笑みを零《こぼ》した。

「お嬢さま、冗談ですよ。俺が護衛で誰から身を守れるっていうんです」

「そうね。レイルはもうちょっと太って筋トレしたほうがいいわ」

あっさり納得されると、それはそれで心にくるものがある。レイルは複雑である。

「その石があれば、レイルさんの腕前は問題ではありませんわ」

「え？　なんですか？」

ポツリと呟《つぶや》いた声は、レイルの耳には届かなかった。

「ちょっと、嘘《うそ》でしょ!?」

「あれって……え、ホンモノ？」

レイルが訊き返した声は、周囲のざわめきで掻き消された。出待ちをしている建物から少し離れた広場のほうで、何事かが起こっているようだ。

「なに騒いでるのかしら？　ユーム様たちはまだ出てきてないのに」

「お嬢さま、大人数が押しかけていて危険です。少し離れて様子を見ましょう」

少女が騒ぎの方向へ駆け出そうとするのを押さえ、レイルはミルバンヌを促して人の少ない場所へ移動した。

出待ちをしていた人々がどんどん後方へと移動し、ざわめきはやがて歓声とも悲鳴ともつかないものになった。何があったのか気にはなったが、あの人ごみに揉《も》みくちゃにされては少女とミルバンヌの無事を確保できない。

「レイルぅ、ちょっとだけあっち見てこよ？」

「可愛《かわい》く言ってもダメですよ。お嬢さまは身体が小さいので人に押されて圧死してしまうかもしれません」

「大袈裟よ！　レイルのケチ！」

「ケチでけっこう。お嬢さまの身の安全が俺には何より大事です。お嬢さまに何かあれば俺は一生後悔します。親父《おやじ》さんも怖そうだし」

「うわ～レイルがずるい感じのいい男感出してくるぅ」

「なんですかそれ」

「レイルさんってたらしでしたのね」

「え!? なんですかそれ!?」

そんな会話を繰り広げているうちに、目の前の人ごみがざわざわと形を変えていくのに三人は気づいた。

「え、なに？」

いつの間にか、少女の呟きが拾えるほど静かになっていた。

目の前に一本の道筋が出来上がったかのように、綺麗に人々が二手に分かれている。

その道の上、こちらへ向かって歩いてくる、一人の男。

黒髪で背が高い。青い目をしている。それが分かるほど近くまで来て、男は立ち止まった。レイルの目の前で。

「ジオ――」

＊＊＊

ジオが目の前に立っている。

ジオとまた会ってしまった。

これは王女さまとの契約違反にあたるのか。違約金を払えと言われたらどう言い逃れをするか。

逃れられなかった場合、何らかの刑に処せられる可能性は。

つーか役者さんたちまだ出てこないのか。サインもらったらお嬢さまを連れて帰って、せめて調理場の掃除くらいは手伝わないと。あとミルバンヌさんも送っていかなきゃだろ。やばいモタモタしてられねぇ。えーとまずはサインか。

レイルは数秒のうちに様々なことを思った。

「レイル、迎えに来た。帰るぞ」

無表情に言ったジオに対し、レイルは咄嗟《とっさ》に答えた。

「え、無理」

「あ?」

「まだサインもらってねぇし」

「…………」

ジオの視線がずけずけと突き刺さる。レイルはその視線につつき回される思いがした。

「ジオ、これからな、そこの扉からこの劇場の役者さんたちが出てくる。俺は彼らのサインをもらうためにここにいるんだ。出待ちってやつだ。お嬢さまもこの時間を一番楽しみにしているんだ」

「……一体何の話だ?」

「運が良ければ握手してもらえるかもしれないんだぞ」

ジオはどこか思案げな目でレイルを見つめている。レイルはその握手の価値をどう説明しようか悩んだ。

つーかこいつここで何してんだろ。

パファムジアは王都からも孤児院からも離れた地方都市だ。こんなところで会うなんて、ジオの活動範囲の広さはどうなっているのか。

レイルは混乱のうちに、ジオの迎えに来たという言葉を聞き流していた。

「うわぁ……、『帰るぞ』だって。うちの父さんが喧嘩して出てった母さん迎えに行った時とそっくり。ジオ、亭主関白は今どき流行《はや》らないよ？」

大柄なジオの背後から、これまた大柄な獣人がぬっと顔を出したので、レイルは目を瞠った。

大きな耳がピョコピョコと動いて、レイルがついその動きを目で追っていると、獣人はニッと笑顔を見せる。顔立ちは凛々《りり》しいのに雰囲気は柔和だ。

ミルバンヌさんといい、獣人てみんな美形なのかな、とレイルは少しどぎまぎした。

「おい、ジオ。なに絡んでんだよ、そんな純朴そうな兄ちゃん威圧するのやめろって。それよりお前の兄弟を探すのが先だろ」

「そうですよ。レイル殿のもとへ急ぎましょう」

「そうだよ。ジオだって早く会いたいでしょ」

「そうですね。ジオ殿、レイル殿はどちらにおいでなのですか？」

ジオと獣人の背後からまたぞろ四人の人物が現れ、ジオをせっつき出した。

ジオは怪訝《けげん》そうに眉《まゆ》を顰《ひそ》める。

「お前らどうした……？　レイルはここにいるだろ」

「どこだよ？」

「ここだ」

ジオが視線でレイルを示す。

「へ？」

「え？」

「は？」

「うそ……」

急に現れた面々にまじまじと見つめられ、レイルはとにかく居心地《いごこち》が悪い。

「嘘じゃないよ。ジオの持ってるお守りと同じ匂《にお》いがするもん。へー、ジオのお守りって兄弟殿の髪の毛だったんだなぁ」

鼻をひくつかせて獣人が言った。

「レイルさんは少々イメチェンなさいましたの」

なぜかミルバンヌが解説をする。

「いやいやいやいや!!　少々どころか全然別人じゃねぇか!!　ジオ！　お前よく分かったな!?」

「？　そりゃ分かるだろ、何言ってんだ？」

「分かりません!!　あなた獣人の鼻でもつけてるんじゃないですか!?」

何事か騒ぎ出した彼らをよそに、獣人はぬっとレイルの前に立った。

「オレ、ジオのチーム だった獣戦士。今後ともよろしくね、ジオの兄弟殿」

「は、はぁ……」

手を差し出されて反射的に手を伸べると、獣人はレイルの手を取り、そのままひざまずいた。

「へ？」

「おいっ」

ジオが声を荒らげるも、獣人は取り合わずにレイルの目を仰ぎ見る。

他の四人の人物もハッとしたように口を噤《つぐ》んだ。

場の空気が急激に張り詰めていくのを、レイルは感じていた。

「勇者ジオ・リュフターの兄弟殿。レイル……姓を教えてもらえるかな？」

レイルは訳が分からず言葉に詰まった。

ことの成り行きに先ほどから周囲で黄色い歓声が上がっているが、それも耳に入らないほど混乱している。

「レイルに姓はない」

ジオが静かに言った。孤児にも姓のある者とない者がいる。親の名も知らぬレイルは後者だった。

獣人はへなりと耳を垂れた。

「……ごめん、そうだったね」

ただただ戸惑うレイルの目の前に、ジオの仲間たちが次々とひざまずき、首を垂れた。

「レイル。その名、その血潮、その命へ、いにしえよりつらなるあまたのいのりとちかいとともに」

獣人が言葉を紡ぐ、その一音一音が連なるごとに周囲の空気が不可思議に揺らいで、反響した音の微細な振動がレイルの肌を伝った。

突然訪れた超常にレイルは本能的な恐怖を覚え、少女を抱き寄せてミルバンヌの姿を探す。彼女は平然とその場に立っていた。少女は目の前の光景を面白そうに見ているだけで、怖がってはいない。

今まさに何が起きているのか把握しきれず、レイルは縋るようにジオの姿を求めた。ジオと目が合う。レイルの恐怖を感じ取ったのか、何も言わずにジオはレイルと並び立ち肩を抱いた。

かぜにのせ　あめをよぶ
こえきこゆ　われめざめ
あかあかと　ひをいだき
われはしる　あめつちを
さかえあれ　きみがよに
さかえあれ　きみがくに
レイル
そのな　そのちしお　そのいのち　あるかぎり
あかあかと　ひをいだき
われはしる　あめつちを

獣人の声に重ねて、一人また一人とその奇妙なことばを唱え、相乗を繰り返しては幾重にも広がり、まるで天上から注ぎ落ちるが如《ごと》く、レイルの身に降り込んでくる。

それらはまったく人の言葉のようではないのに、レイルはなぜだかすべての意味を理解した。

さんざめく無数の声なき声と、視覚できない光の嵐《あらし》に襲われたような、永遠と思えるほどの束《つか》の間《ま》の時。

この地上には存在しえない清浄と空虚の世界へ連れ去られた感覚。

すべてが終わり、ようやく耳慣れた喧騒《けんそう》を聞いた時、レイルの肌は粟立《あわだ》ち、汗を滲ませていた。

耳鳴りが去った後のような違和感と軽いめまいにふらつく体を、力強い腕に抱きとめられる。

「レイル、大丈夫か?」

「ジオ……今のは……?」

「いにしえのうた。はじまりの女神に捧げた誓いを受け継いだものだ」

何だそれは。聞いたこともない。

状況はレイルの生きる世界の範疇《はんちゆう》を大きく外れていて、自分の身に何が起きたのかも分からない。

「レイル殿、我々のあなたへの仕打ちの贖罪《しよくざい》を、いずれあなたが必要とする時にさせてください」

ローブを羽織った美しい男が言った。以前会った時には人形のようなかたい表情であったのに、今日はちゃんと人間に見える。

「あの、とりあえず立ってください」

「あ、はい」

レイルはもう、いちいちその発言の意味を推し量るのを諦《あきら》めていた。彼らが素直に立ち上がってくれてほっとした。

「ジオ、どうなってんだこれ？」

レイルの問いに、ジオは物思う目をしながら端的に答えた。

「お前はこいつらの召集権を得た。王家に次ぐ権限の範囲でな」

「何だそれ、意味分かんねぇ」

「そうだな、俺もだ」

ジオはかたわらで成り行きを見守っていた金髪の男に視線を向けた。いつの間に現れたのかも不明な見知らぬ人物に、レイルはまた人が増えた、とぼんやり思った。

「おい、いいのかよ。こんなことさせて」

レイルが彼らの召集権を持つというのは、魔王を封じるほどの戦力を一人の平民の青年が持つことに等しい。

「かまわない。誓いをたてる心を窘めるなど、無粋というものだ。いや、まさかこんな衆人環視の中でとは思わなかったがな」

ジオは腑《ふ》に落ちないといったふうに眉を顰めた。そしてそのまま視線を獣人に移した。

「なぜお前まで召集権をレイルに？」

「んーオレは下心ありだから……って冗談だよ！　あれだ、連帯責任ってやつ！　あっ、やめて毛が抜けるじゃん!!」

「お前、その冗談はジオには通じないって分かるだろ。自殺志願か？」

何やら話し込んでいる面々をよそに、レイルは本来の目的を思い出した。本物の役者たちにサインをもらい、少女を連れて職場へ戻るのだ。

非現実から現実へ。レイルは今起きた一切のことについて気にするのをやめた。

「ジオ、なんかよく分かんねぇけど、俺そろそろ職場に戻らねぇと」

「戻るならチビたちのところだ。みんなお前を待ってる。その職場に挨拶して俺と帰るぞ」

「いや、俺は王女さまに金をもらって孤児院を出たんだ。だから帰るわけにはいかねぇよ。今はこのお嬢さまの親父《おやじ》さんが経営してる宿屋で働いてるし……」

何か他に言うべきことがあるような気もしたが、こうなってみると思いつかない。すでに子どもたちのことは頼んでいるし、彼らの様子を訊いたところでもはや自分は無関係の人間である。子どもたちとも、もう二度と会うことはないと知って出てきたのだ。部外者になった以上、何を訊いたところで自分にしてやれることはない、とレイルは自分を戒めた。

「レイル」

ジオの静かながら硬質な視線が刺さる。こういう顔をした時のジオは譲る気がない。レイルは面倒くさくなった。

王女がレイルを追い払い、ジオがレイルに戻れと言う。だとすればそれは王女とジオの問題である。

なぜジオが自分を連れ戻そうとするのかは知らないが、レイルには金銭の授受を伴った口頭契約の不完全履行の追及を受ける懸念が付きまとっている。強権者カップルの痴話喧嘩《ちわげんか》に巻き込まれたくはない。

「お嬢さま、サインは諦めて今日はもう帰りましょう。遅くなると親父さんが心配します」

この騒動の間に、役者たちは帰ってしまったのかもしれない。もはや誰一人出待ちをする者はいなかった。こうなるとジオたちのためにできたこの人ごみを分けて通りに出るのに苦労しそうだ。早めに移動したほうがいいだろう。

だが少女はレイルの声など届いていないかのように、ジオとその仲間たちをじっと見上げていた。

「レイル……この人、本物の勇者さまなの？」

「ええ、そうですよ」

答えながら、レイルは改めてジオを見つめた。

観客たちは遠巻きにジオたちを注視している。その中で見るからに特別な存在感を示す仲間たちと肩を並べ、ジオは見劣りするどころかより一層際立って見えた。容姿がいいのはその通りだが、それ以上にジオの纏う空気感が特別なのだ。

こいつ目力強すぎ、なんて思う反面、やっぱ只者《ただもの》じゃない感すげぇなとも思う。

この人たちと、ジオはずっと旅をしてたのか。

レイルはジオとその背後にいる仲間たちを等しく眺めた。

芝居で観たジオの、レイルには語られなかった物語が次々と浮かぶ。舞台上の虚構が実体を伴い、生身の現実として目の前にあった。

「……お前本当に勇者だったんだな。知ってたけどさ、今はじめて分かった気がする」

レイルが呟くと、ジオは「なんだそれ」と少し笑った。ジオがそんなふうに笑うのはたいへん珍しい。いつも無表情か不機嫌のどちらかなのが、レイルにとってのジオである。

子どもの頃《ころ》だって、ジオの笑った顔などあまり見た記憶がない。それなのに懐かしい気分になるから不思議だ。

最後に笑顔が見られてよかった。あのまま黙って別れるよりはよほど気分がいい。

「ジオ、今まで世話になったな。お前にはいつも助けられてた。ありがとう。元気でな」

レイルは別れに相応《ふさわ》しく笑って挨拶をした。

だがジオはたちまち怖いような無表情に戻ってしまった。こいつ、こういうとこ感じ悪いよな、とレイルは呆れたが、最後なのだからと気にしないことにした。

少女を伴ってその場を離れようとしたレイルの腕を、ジオが強く掴《つか》む。

「痛っ、おい、ジオ」

「レイ――」

ジオの青い両目が、ひたむきにレイルを映して揺れていた。

今日は珍しいものばかり見る。ジオが苦しそうだ。

レイルはこれ以上ジオと話す気はなかったが、ついどうしたんだと訊きそうになった。

「ところで場所を変えないか？　今さらだが人目が多くてかなわん」

いつの間にか二人の真横に立っていた金髪の青年が、ゆったりとレイルに微笑《ほほえ》んだ。

どこか見覚えがあるような気がしたが、思い出せない。豪奢な金髪に白い肌。年はレイルと変わらなそうだが、そこにいるだけで他者を従えてしまうような風格がある。

見遣《みや》ると、ジオが頷く。

「王太子殿下だ」

レイルは驚きつつも腑に落ちた。

なるほど。王女さまと似ていらっしゃる。

何だかややこしいことになりそうな気配を感じ取り、レイルは途方に暮れて虚空を眺めた。


この日、町のいたるところで口々に語られたのは、この地に本物の勇者一行が訪れているということと、その勇者一行が名も無き一人の青年の前に膝《ひざ》をつき、忠誠を誓ったという話題であった。


「ジオ様、お待ちしておりました。馬車の用意ができております」

ミルバンヌがジオに向かってそう言ったので、レイルは実に驚いた。

「急な仕事を引き受けてくれて助かった。感謝する」

「ありがとうね、ミルバンヌちゃん」

ジオと大柄な獣人が、それぞれミルバンヌに礼を言う。それを見て「知り合いだったんですか」

とレイルは思わず声をかけた。

「はい。私はこの数日間にわたり秘密裏にレイル様の護衛をしておりましたが、その依頼主がジオ様なのです」

「へ、護衛？　俺のですか？　ミルバンヌさんが？」

こんなに美しくてたおやかな獣人の女性が護衛とはどういうことだ。しかも俺の護衛だなんて。それもジオの差し金とは一体。

レイルは情報の整理ができずに混乱した。

「レイル殿、ミルバンヌちゃんはこう見えて北辺境獣人部隊の中でも腕利きの猛者《もさ》なんだよ。そんでもって俺の従姉《いとこ》」

種明かしをするような顔で獣人は言った。

「そのわりに狩りには出していただけませんけれど」

「それは仕方ないだろ。人間と同じく、獣人も戦場に女を出すのを嫌がる。それに腹を立てて、ミルバンヌちゃんは部隊を出て冒険者をしているのさ。ジオのやつが腕のいい護衛のあてはないかって急に言い出すもんで、ミルバンヌちゃんを紹介したってわけだ。ジオがすぐに迎えに来なかったからって責めないでやってくれよ？　状況に気づいてからジオはまず敵を洗い出したり証拠固めしたり、孤児院の子どもたちの避難を優先したりしてたんだ。兄弟殿の安全が確保されてる以上、それが正解かなって思うし。王族に丸腰で喧嘩売るわけにはいかないからさ」

獣人はすらすらと説明してくれるが、レイルは「ああそうですか」とは思えない。

ミルバンヌとの出会いは確かに突然だったし、共にパファムジアに来ることになったのも彼女のある種の強引さがあってこそだが、自分の知らぬ間に護衛をつけられていたこと自体、レイルにはピンとこなかった。

迎えに来なかったことを責めるどころか、もう二度と会うこともあるまいと思っていたのだ。

そもそもジオはなぜここまでするのか。

ジオを見上げると、ひたりと目が合う。

あれ、とレイルは違和感を持った。なんだかいつものジオではないような気がする。不機嫌そうでもなく、怒ってもない。少し元気がなさそうだった。

「お前が家出したのに気づいたウィリーが、俺に連絡してきたんだ。今度からは何かあったらまずお前が俺に連絡しろ。黙って出て行くな。心臓にわりぃ」

「ちゃんと置き手紙してきたけどな」

「レイル、それはちゃんとした手段じゃねぇ」

何だか大袈裟なことになってたんだな、とレイルはバツが悪くなった。

王太子殿下も同行している手前、貴族用の食事処《どころ》か宿に場所を移そうという流れになった。

そこで少女が「お貴族さま向けではないですがぜひうちの宿に！」と申し出たことと、王太子が鷹揚に「それでかまわない」と応じたことで行く先は決まった。

海に面するパファムジアの観光のピークは夏だ。今は秋深いシーズンオフであるので、レイルが働く宿屋でも部屋はいくつか空いている。

レイルは馬車に揺られながら、宿の主人になんと説明をしようか考えていた。

「父さま！　勇者さまが家出したレイルを迎えにいらっしゃったの！　勇者さまのお友達の皆さまと王太子殿下もご一緒よ！　どうやら王女さまと勇者さまとレイルの間には並々ならぬ複雑な事情があるみたいね……レイルは帰らないと言い張っていて、勇者さまはどうにか自分のもとに戻るように説得しようとしているの。とことん話し合えるよう一番いい部屋を使わせてあげて！」

レイルの説明は不要だった。

いや、その言い方は非常に誤解を招くものであると説明したかったが、少女の劇的な表現の後では何を言っても耳に入らぬことだろう。

事情を聞かされた主人は顎が外れるかというほど仰天し、一番広く景観がいい部屋に皆を案内してくれた。

仕事に戻れなくて申し訳ないとレイルが謝ると、店主は「殿下と勇者さま方のお相手をするのが仕事と思えばいいじゃないか」と言って励ました。

部屋に入り、皆が腰を落ち着けた。主人が気を利かせたらしく茶と菓子が用意され、レイルはその給仕をしようとしたがジオに「食いたきゃみんな勝手にやるからお前も座れ」と言われてしまった。

ソファーに腰かけるジオの隣がわざとらしく空いていて、仕方なくそこに座る。

まず口を開いたのは王太子だ。

「レイル、我が妹が君に無理を言ったようだ。だが勇者の兄弟殿を王家が軽んじているとは思ってほしくない。この件については妹にはよく言ってきかせることを約束しよう。今後も安心してジオと共に暮らしてくれ」

「はぁ……」

「俺らからも謝罪させてくれ。あんたのこと誤解してたんだ。すまなかった」

「いえ、べつに……」

彼らが口々に謝罪するのを聞きながら、レイルはただ困惑していた。

王太子は今後もジオと暮らせと言うが、孤児院でジオと暮らしていたのは十年以上も前である。ジオの仲間たちからは一体何を謝られているのか分からない。だが何だか突っ込める雰囲気でもない。

どうしたものかとジオを見遣ると、ジオは宥めるようにレイルの肩を抱いた。

そんなことをされたことなどかつてない。いや、ついさっきあった。しかし今とは状況が違う。

レイルはぎょっとして距離を取ろうとしたが、ジオの目力に圧《お》されてそのままになった。

「金庫に増えてた金なら返した。お前があの女に何を言われたか知らねぇが全部忘れろ」

「え、そうなのか」

返しちゃったのか、もったいない。

思わずそんな感想が湧《わ》いた。だがその金は今までジオにもらった分を返すつもりで孤児院に置いてきたのだ。どうしようとジオの勝手である。

つーかあの女って。だめだろう、恋人にそんな言い方をするのは。それも王太子殿下の目の前で。

レイルが注意しようとした時、ジオはさっと立ち上がった。

「話は終わったな。行くぞ、レイル」

当然のように言って、レイルの腕を取ろうとする。ジオはこうと決めたら行動が早い。

レイルはジオの手をかわして言った。

「ジオ、俺は帰る気はねぇ」

「……何言ってんだよ」

座ったままで見上げると、ジオから見下ろされるその視線がずいぶんと重たく感じた。

「俺はもうここで働いてるんだ。今さら孤児院に戻ってどうする」

「お前だって好きで出て行ったわけじゃねぇだろ」

「確かにそうだけどな。ただ……ちょっと予定は狂ったが、どっちにしろいずれ孤児院は出るつもりだったし、こうなってみるといい機会だったと思ってる」

「どういうことだ？」

「だってお前が孤児院の面倒見てくれるんなら、俺はいなくてもいいだろ」

「何言ってんだ、レイル」

「前から考えてたんだよ。もう少ししたらウィリーに院を任せて、俺は外に働きに出たほうが金になるよなぁって。お前が金を工面してくれたようにさ。そりゃお前ほどには稼げやしないだろうけど、ないよりはマシだろ。まぁお前が孤児院丸ごと世話できるような金持ちの貴族になるんだから、それも必要なくなったわけだけど」

ウィリーは今年十八になる若者である。普通、孤児院の子どもたちは十二から十五程度で職に就き院を出る。

ウィリーは幼い頃《ころ》の事故が原因で足に障害を負い、その事故で両親を亡くしていた。片足の不自由なウィリーは歩くのにも杖《つえ》が必要で、走ることもできない。

孤児の雇われ先というのはまずは雑用というものが多いから、普通に歩けないというだけでも就職は断られる。そういう事情でウィリーは院に居続けている。

レイルはウィリーに無理に出て行くことはないと言い続けた。そして孤児院の子どもたちのサポートを頼み、寄付をくれる先との付き合い方などを少しずつ教えてきた。

若さゆえに危なっかしい部分はあるものの、ウィリーは賢い。それにレイルが孤児院の院長におさまったのも十八で、当時の自分に比べればウィリーはかなりのしっかり者だ。そろそろ全面的にウィリーに引き継ぐことも視野に入れていた。

「お前ならウィリーやチビたちを悪いようにはしねぇし、いい世話人や教師を雇うことだってできる。俺が残る意味もなささそうだろ」

自分のような痩せぎすで頼りない、父親のなり損ないのような男ではなく、子どもの扱いに慣れた愛情深い母親のような女性が子どもたちには必要だ。それに自分のような独学者ではなく、まっとうな教養ある教師も。

レイルは常々そう考えていて、ジオにもその胸の内を語っていた。

ジオはきっとそういう人物を雇ってくれる。それならもはやレイルの出番はなかった。

「……お前、チビたちと一緒に俺の領地に来るんじゃなかったのかよ」

「行ってどうするんだ？　今までの借りを返すってことでタダ働きで雑用でもすりゃいいか？」

冗談めかして言ったのに、ジオが物凄く嫌そうな目で見てくるので、レイルは苦笑してしまう。

「分かってるって。お前はそんなこと言わねぇよな」

笑い話のようにしたものの、レイルとしてはタダ働きでもかまわなかった。ジオにはそのくらいの恩を感じている。

だがジオはレイルをそんなふうに扱わないだろう。

今までだって、ジオが口を酸っぱくして主張してきたのは、レイルが自分自身のケアを後回しにすることに関する注意喚起だ。そのせいで孤児院の子どもたちは、レイルの食事量や睡眠時間まで気にするようになってしまった。

ジオが持ってきた手土産の菓子を子どもたちに渡す際にも、レイルが自分の分をきちんと食べたかどうかまで確認されるのがお約束だ。

「俺はさっき食べたよ」と嘘《うそ》をついたのがバレた後には、ジオの目の前で食べるまで納得してもらえなかった。

レイルが後で食べると言って机の引き出しにしまおうとすると、ジオはそれを奪い取って包装を破り、レイルの口元に差し出して「素直に食わねぇなら口移しで食わす」と謎の脅しをかけてきたりした。

レイルは食に興味がない。腹が減るのすら面倒だと思うこともある。菓子も食えばうまいと感じるが、子どもたちの分け前を減らしてまで食いたいと思ったことはなかった。

だがジオは、そんなレイルの言い分を意図的に無視するのだった。

ジオはいつでも子どもたち全員とレイルにも行き渡る量の菓子を持ってくる。だが子どもたちの喜びようを見ていると、レイルは自分が食べるより、後で誰かに追加で食べさせてあげたいと思う。たとえば落ち込むことがあった子や、レイルと同じように下の子に菓子を分けてあげてしまう子に。

そういうことをジオはよく見抜いていて、「余分に買ってあるから、お前の分はちゃんと食え」と言った。

ジオは笑顔のひとつも見せないし口が悪い。それでもいつも気遣ってくれた。

レイルはそんなジオの気遣いを、彼が持つ公正さの適用だと信じた。その公正さで、ジオは子どもたちと共に今後もレイルを養うつもりなのだろうと。

ジオが貴族になり、レイルがジオの言うように彼の領地の孤児院についていったなら、ジオはタダ働きどころではなく過分なほど給金を支払おうとするのではないか。どうもそんな気がする。

だからこそ居座ってはいけないように思った。

「ジオ、もう俺の世話までしなくていいんだ。俺だって自分の口を養うくらいはできるから心配すんな。それに王女さまやこの人たちが言ったことは、たぶん正しいんじゃねぇかな。俺はお前の世話になるばっかりで、お前に何もしてやれなかったから」

ジオから受けた恩を返す手段は思いつかないし、ジオがそういうものを欲する男ではないことも知っている。これ以上ジオの厄介にならないことだけが、レイルにできるジオへの配慮なのだった。

＊＊＊

ジオは押し黙ったままレイルの言葉を聞いていた。その目が恐ろしく昏く翳《かげ》り、温度を失っていくさまを見て、仲間たちはハラハラし通しであった。

ジオの様子は嵐の前の静けさに似て不気味であり、爽《さわ》やかにジオを切り離そうとするレイルとの明暗の差が際立っている。

仲間たちは気が気でない思いで二人を見比べた。

「に、兄ちゃん、あれは俺たちが間違ってたんだ。あんたは何も悪くない。ジオはあんたを大事に思ってるんだぜ」

剣士はもどかしくも言い募った。

ジオはあんたに惚れてるんだ。だから帰ってやってくれ。何なら領地についていって、館《やかた》におさまっちまえばいい。男同士で結婚はできないが、ジオならあんたを伴侶《はんりょ》として側《そば》に置くだろうし、他に女を囲うこともないだろう。

そう言ってしまいたかったが、さすがにそれは出しゃばりすぎだ。言葉を選んだ結果、なんとも芯《しん》のない話しかできない自分が情けない。

「別に俺が悪いとも、あなた方が間違ってるとも思ってないです。それにジオはもう俺を大事にしなくていいって話をしてるわけで……子どもたちを世話してくれるだけで御の字ですよ」

慣れない領地経営をしながら孤児院の子どもたちを世話するだけでも最初は大変かもしれないが、ウィリーがいれば子どもたちは纏まるだろう。王女さまも巷の噂《うわさ》では王都の孤児院を支援していると聞くので、人を雇ったり院の管理をするのにも協力してくれることだろう。

レイルが静かにそう主張するのを聞いて、剣士は思わず唸《うな》った。

レイルはもはやすべてから自分を切り離していた。ジオが気の毒になるくらい、ジオにも孤児院にも執着がない。そこに自分がいる必要があるかどうか。その点だけを重視している。

事実、ここに来るまでのレイルの身の振り方の潔さときたら。事情を知ってからの剣士は胸が痛むばかりだった。

レイルは王女からもらった金も持たず、誰《だれ》にも告げないまま長年暮らした孤児院を出て、家族もなく友もなく、一人見知らぬ土地へ移り、そこでまた淡々と当たり前の生活をしていた。

ジオが迎えに来たところでそれまでの暮らしに毛ほどの未練も見せず、ただ子どもたちのことを頼むばかり。

悪いことに、そうであるべきだとかつて彼に論じたのは、ほかならぬ自分たちだった。

それがこの青年の人生をどれほど軽んじた言い分であったのか。レイルの無欲さを前に、罪悪感を覚えずにはおれない。

剣士はほとほと後悔した。

くすんだ金髪を耳が見えるほど短く整えたレイルは、好青年というには少々草臥《くたび》れていたが、以前の彼よりはずっと感じが良かった。長い前髪に隠されていた両目は、その帳《とばり》を切り払った今では、目の覚めるような金色の瞳を惜しげもなく晒《さら》している。

この宿屋で働くにあたってか髪型と服装を変え、不精髭《ひげ》もなく身だしなみを整えたレイルは以前とは違った意味合いで年齢不詳だ。

ジオよりもいくつか年上だというから、三十には届かない程度だろう。見目は若いのに若者らしい闊達《かったつ》さはない。ただ思慮深そうな静けさがある。

王太子や自分たちと同席しても萎縮《いしゅく》することなく、口を開けば素朴でまっとうな飾り気もない本心を訥々《とつとつ》と語る。

そこには孤児院の子どもたちへの細やかで現実的な愛情があり、ジオへの親愛も感じられた。

彼を責める前に、もっと会話をしてみたらよかったのかもしれない。今さらながらそう思った。

「ねえ、レイル。孤児院の子どもたちは君のことが大好きなんじゃない？　君がいなくなって悲しんでると思うよ」

獣人が言った。

いつもより優しげなその声音に、ジオは眉根《まゆね》を寄せた。馴れ馴れしくするなと言いたげな目つきをしながらも、獣人が柔らかな物腰でその場をおさめるのを期待したのか、口出しはしなかった。

「……今は、そうかもしれないですね。けど次にいい世話人が入ってくれればそのうち忘れますよ。子どもたちだって、毎年毎年誰かが職に就いて院を出て行くんです。運悪く幼いまま死ぬ子だっている。いちいち引きずってたら身が持たない。別れることにも、慣れないと」

レイルは何でもなさそうに言う。

人生の大半を孤児院で過ごしてきたレイルの言葉は残酷なほど冷静だ。これには獣人も口を噤んだ。

王太子は優雅に立ち上がり、レイルの前に立った。

「兄弟殿はどうやら一筋縄ではいかぬ様子だ。この後ジオがどう攻めるか気になるところではあるが、そろそろ城に戻らねば」

「はぁ、なんかわざわざすみません」

王太子は、レイルの胸もとにするりと手を伸ばし、そこに垂らされた金の鎖を摘《つ》まみ上げた。シャツの下に隠してあったペンダントを引き抜いてふわりと微笑《ほほえ》む。

「美しい石だ。青い石の中に金が閉じ込められている。これはジオから贈られたものか？」

「は、はい」

王太子の持つ雰囲気にのまれて、レイルはぎくしゃくと頷いた。

「そうだろうな。彼の願いそのものだ」

愉快そうな囁《ささや》きだった。

「触るな」

剣呑《けんのん》に目を光らせたジオが、レイルをぐっと引き寄せる。

くっとペンダントの鎖が張り詰めて、千切れやしないかと危ぶんだのか、レイルは身を強張らせた。

張り詰め出した場の空気を宥めるように、王太子はすんなりと手を放した。

シャラ、と胸に戻ってきた石を、レイルはぎゅっと握り込む。

「レイル、君がもし本気でジオから逃れたいと思った時は、私を頼っておいで。君を守ろう」

「てめぇ、どういうつもりだ」

「ただの誓いだ、気にすることはない。お前はお前でよくよく口説くがいい。どうせそのつもりだろう？」

気色ばむジオを軽くいなし、「約束だよ」とレイルに微笑んで、王太子の姿は掻き消えた。

＊＊＊

「ジオ、この宝石、もしかしてとんでもなく高いんじゃないのか……？」

王太子が目に留めたことで、レイルは自分が首に下げたペンダントの価値に疑念を持った。

金の粒を内包した青く美しい宝石。それは魔王討伐の旅に出る前に、ジオがレイルにくれたものだ。

お守りだから肌身離さず身につけていろと何度も念を押され、風呂に入る時も外すなと言われていた。見るからに高価だったし、自分にお守りなど不要だとレイルは断った。

だがジオは言った。

「これは仕事で怪獣一匹倒した褒美にもらったもんだから、実質タダだ。それにこれを身につけてると俺の魔力と繋ぎやすくなる。俺は転移魔法は使えねえが、これがあればお前に何か異変があった時察知できる」

「じゃあ俺も、お前に何かあったら分かるのか？」

レイルの質問に、ジオは意外そうに目を丸くした。

「さぁ、試したことねぇけど……もしかしたら分かるかもな」

「ふうん」

レイルはジオが驚くほどすんなりと納得し、ペンダントをそっと撫《な》でた。

孤児院を出る時、レイルはこれを置いていくかどうか迷った。王女さまからもらった金貨と共に金庫に入れていくべきかとも思った。だが結局そのまま身につけてきた。

レイルは本当は、ジオの手紙も持っていきたかった。だがあの手紙は孤児院の子どもたちにもあてたものであって、レイルだけのものではない。

数少ないレイルの私物も、厳密にいえばレイル個人の所有物といえるものは少ない。孤児院に寄付されたものを、自分のものとして使っているだけなのだ。レイルが町のご婦人たちやジオからもらった服だって、必要な分以外はウィリーや体の大きい年長の子に回される。

しかしこのペンダントは、ジオがレイルだけにくれたものだった。

直接手渡してきて今すぐつけろと迫り、レイルが断っても必要なものだからと言って押し切り、しまいにはジオが手ずから首に下げてくれた。

誰にも触らせてはいけないと言われ、子どもたちが珍しがって触りたがるだろうと口答えをすると、普通の人間には視覚できないよう細工がしてあるのだとか。

このペンダントには他にも様々な魔法が施してあるらしい。聞いたこともないような専門的な用語で長々と説明されたのだが、理解しきれないレイルの様子を見て、最終的にジオが言ったのはこうだ。

「この石はお前以外の人間が身につけると死ぬ。だから絶対外すな。売るのも誰かに貸すのもダメだ。分かったな？」

なぜそんな物騒なものを、とレイルは戦慄《せんりつ》したものである。だがジオには以前から魔法オタクの傾向が見受けられたので、また仕掛けを凝りすぎたのだろうと納得した。

そこまで言われると、これはレイルだけの持ち物だと思えた。

こんな贅沢品を持つことへの気後れが先に立ったが、レイルの身を案じてくれたことが嬉しかった。

もちろんレイルに何かあれば孤児院の管理をする者がいなくなるという事情あっての厚意だろう。それでも何か異変が起こった時、ジオが駆けつけてくれるのだという意思表示は心強く思った。

孤児院を出てジオとはもう二度と会うことはなくとも、このジオの目の色に似た青い石によって、いつでも繋がっていられるような気がしていた。

しかし物凄く高価なものだったら、やはり返すべきではなかろうか。

レイルが仰ぎ見ると、ジオは肩を竦《すく》めた。

「そんなに値が張るもんじゃねぇよ。王都の若いやつはけっこう持ってるぞ」

「ほんとか……？」

ジオの仲間たちを見遣ると、彼らはうんうんと同意する。

「あーそうだな。王都じゃ若い娘がよく身につけてるな」

＊＊＊

ただし、豪商や貴族の娘がだけどな、と剣士は内心で苦笑した。

小粒のものなら平民の男でも恋人に買ってやれるだろうが、レイルの身につけているそれは親指の先ほどの大きさだ。

青金石は第二王女がよく身につけているというので、社交界の淑女の間でも人気が出た。価格も急騰したし、海を挟んだ小国の限られた地域でしかとれないことで、市場に出回る数が不足している。今では貴族でもなかなか入手できないとの噂《うわさ》である。

「そうですね。石の値段はさほどでもないでしょう」

その石に込められた防御魔術にかけた値段に比べれば、と魔法士は胸の内で補足した。

よほど腕のいい魔法具の職人と技術系魔術師でなければ、ここまでのものは作れまい。よくよく練られたジオの魔力を基礎として、いくつもの術がその石に潜められているのが分かる。

そういえば、と魔法士は思い出した。

一時期ジオは王宮の魔法技術部に通い詰めていた。技術部には腕がいいことで評判の魔術師がいる。きっとその人物にこの石の仕掛けを頼んだのだろう。その人の作品であれば、ジオも納得のいく仕上がりになったに違いない。

以前レイルがこのペンダントを下げているのを見た魔法士は、ジオが孤児院を守るためのその代表者としてレイルに持たせたのだと思っていた。今はそれが間違いであることが分かる。もちろん孤児院を守るという意味もあるのだろうが、何よりレイルが優先だったのだ。

ジオの魔力が刻み込まれたその石を身につけている限り、レイルはどこに行こうとジオから逃れられないだろう。ジオはその石を目印として、レイルのもとへ転移することができるのだから。

「な？　だから気にすんな」

「お、おう。分かった」

真実を知りようもないレイルは、大事そうにシャツの下にペンダントをしまった。

「あの石、さっき殿下が触った時攻撃魔法発動したよね……？　殿下が一瞬で無力化したからよかったけど、下手《へた》なやつだったら腕くらい吹き飛んでたかも。独占欲強すぎ……あれじゃ魔力を見る目を持つ人種なら兄ちゃんには絶対手ぇ出さないね。兄ちゃん自身には魔力がなくても、背後にヤバいのいるって一目で分かるし」

「よーく見ましたら細かい設定がたくさん盛り込まれているようですね。持ち主……つまりレイル殿のバイタルサインに呼応して何種類かの魔法の使い分けが……えっあんな高度な魔術あんな小さい石に詰め込めます普通？　軍事予算でも割いて開発したのでしょうか？」

「ジオも番のことになるとかなり過保護だなぁ。あんなもの身につけさせて、その上護衛までつけないと安心できないとか……あいつどっかで狼《おおかみ》の血でも混じってんじゃないか」

ひそひそと交わされた会話はレイルの耳には届かなかった。ジオには何となく伝わったようで、

「お前らいつまでここにいる気だ？」

とあからさまに邪険なことを言う。

「ジオ、お前も帰らなくていいのか？　忙しいんだろ？　貴族になるのも王女さまと結婚するのも準備が大変だって聞いたぞ」

「誰《だれ》に聞いたんだよ」

「王女さまご本人とか、その人たちも前にそんなこと言ってた気がする」

「レイル、王女の話は嘘《うそ》だ。俺は最初からあの女と結婚する気はねぇ」

「え、なんで!?」

「他に好きなやつがいる」

おお！　と仲間たちは息を飲んだ。

ジオがとうとうその胸の内に秘めた恋を告白する気になったのかと興味津々である。

「そ、そんな……お前あんなに王女さまと愛を語り合ってたのに……あれは遊びだったって言うのか？」

「あ？　なんだそりゃ」

レイルは狼狽《うろた》え、責めるような目でジオを見上げた。

ジオは怪訝にレイルを見返す。仲間たちも同様である。

確かに、王女と勇者の恋の噂は世間で広く知られたものではあるが、レイルが肩入れする理由が分からない。

「ほらあれだよ、王女さまが夜な夜な寝室のバルコニーに出てさ、ジオが木を登って会いに行ってただろう。白昼の人目のある場所では身分差が邪魔をして話しかけられない分、夜の短い逢瀬《おうせ》の中で抑え切れない二人の恋心が――」

レイルは生まれて初めて観た芝居にすっかり感情移入し、また完全に鵜呑《うの》みにしていた。

「いや、だから何の話だよ」

「お前と王女さまの話だろ」

「レイル様がご覧になったお芝居の話ですわ」

ミルバンヌの補足に納得したジオは、うんざりといった様子で息を吐く。

「レイル、そりゃただの芝居だ。作り話だ。フィクションだ。事実とは異なる架空の物語だ。分かるか？　近衛《このえ》でもねぇ平民出の一介の騎士が王女の寝室のバルコニーに忍び込めるとしたら、王宮の警備がガバガバすぎてやべぇだろ。王女とはまともに会話したのなんて数える程度だ。当然二人きりになるなんてあり得ねぇ。ああいう芝居は客ウケするように面白おかしく作ってあるんだよ」

「え、じゃあ仲間たちと喧嘩してお城にある聖堂吹き飛ばしそうになって、王様に怒られたのも作り話なのか？」

「いや、それは本当だぜ、兄ちゃん」

「あの時はヒヤヒヤしましたね」

「あれはジオが悪いよ」

「正確には聖堂関係者の方々と揉めそうになったジオ殿を止めようとしただけでしたのに」

「なんでか最終的にオレらの内輪揉めみたいになって終わったよな」

ごちゃごちゃと口を挟んでくる面々に、ジオは顔を顰《しか》めた。

「お前ら帰れよ。邪魔だ」

もはや直球である。

「えーやだよ。この後の展開気になるだろ」

「まぁまぁ、我々のせいでこじれてるんですし、ここは遠慮しましょう」

「あとで話は聞かせてもらうからね」

「ラブポーションどこに置いたらいいですか？」

「それならミルバンヌちゃんもオレと一緒に撤収しよ」

「そうですわね。もう護衛の必要はないでしょうから」

胸中でジオへの声援を送りつつ、仲間たちはその場を後にした。

＊＊＊

賑《にぎ》やかな一団が去ってしまうと、ジオは改まったようにレイルと視線を合わせた。

たちまちに静寂へと様変わりした室内で、静かな闘志のようなものを思わせるジオの青い両目がレイルを見つめている。こいつやっぱり顔がいいなぁ、とレイルは暢気《のんき》な感想を抱いた。

ジオはレイルの腕を引き、再びソファーに座らせた。

レイルもそろそろ下働きの仕事に戻りたかった。だがジオがソファーの背もたれに腕を回し、体ごとレイルに迫るように座ってくるので、何となく言い出しにくい。

ジオの顔がいつになく間近にあって、レイルは慣れない距離に居心地《いごこち》が悪く思った。

「レイル、俺は王女と結婚しねぇし、たぶん貴族にもならねぇ。まだ保留にしてあるが、叙爵は断るつもりだ」

「え、なんでだよ⁉」

ジオはひたりとレイルを見つめた。

「お前がいなきゃ意味ねぇからだ」

レイルの脳みそは、ジオの言葉の意味を処理しかねた。ただその眼差《まなざ》しの真剣さだけを肌で感じていた。

「貴族になって領地を持って、金持ちになったらお前にもっと楽さしてやれると思った。気に食わねぇ連中からも守ってやれるはずだった。けどまさか、王女がお前に手ぇ出すなんて予想してなかったんだ。俺が甘かった。こんなことになって悪かったな」

今日のジオは変だ。予想外のことばかり言う。

レイルはもはや、どこから手をつけていいのか分からなかった。ジオの発言のどこもかしこも違和感ばかりで、すんなりと飲み下すことができない。

しばしの沈黙が二人の間に生じる。

さら、とこめかみのあたりの髪を撫でられて、ジオがこちらの反応を待っているのだと気づく。何だかジオの顔を見ていられなくて、レイルは目を逸《そ》らした。

「い、いいって。別に何されたわけでもねぇし、それにどっちにしろ――」

「ああ、孤児院を出るつもりだったんだもんな？　……お前がそんな算段してたなんて、それも俺は予想してなかった。てっきりチビどもと一緒に、俺の領地についてくるもんだと思ってたからな」

なじるような声音だ、と思った。微《かす》かな苛立《いらだ》ちと共に鋭くなった視線。それらはますますレイルを困惑させた。

「お前がずっと俺のそばにいるならそれでいいとかよ、物分かりいいふりしてたが……甘かったぜ、ほんと。俺やチビどもが何言ったって、お前は聞きやしねぇだろうし……お前はそうと決めたら、一人でどこかへ行っちまうんだろ」

ポロポロと内心から零《こぼ》れ出た独り言のようなジオの言葉を、レイルは受け止め損ねて持て余した。

一体ジオはどうしてしまったというのか。普段は明瞭《めいりょう》に意思を示してくるジオのどこか掴みどころのない様子と、それとは裏腹に確たる芯を持った目つきで、レイルはそわそわと落ち着かなくなってしまう。

「なぁレイ、俺はお前に何を差し出せばいい？　爵位も領地も、お前がいねぇなら邪魔なだけだ。

俺は敵をぶちのめすくらいしか能がねぇし、もともと領地経営なんてお前に任せる気でいたんだぜ」

レイルはいよいよ面食らった。

王女さまとの結婚の話まで持ち上がっていたというのに、ジオは何を言っているのだ。

それに、ジオにレイと呼ばれるなんて子どもの頃以来で戸惑ってしまう。

二人が幼い頃、ジオはレイルをそう呼んでいたのに、他の子どもたちもレイルをそう呼ぶようになると、ジオはその呼び方をするのをやめてしまったのだ。

「い、意味分かんねぇって……お前、なんか変だぞ……俺に領地経営なんて無理だろ、そんな」

「分かれよバカ」

ジオが笑う。怒ったり笑ったり、今日のジオの態度はいつもと違って目まぐるしくて、どうにもついていけない。

「お前なら領地経営くらいできるって俺は知ってる。まぁもうフラれちまったが」

する、とジオの武骨な手が、レイルのくすんだ金の髪を掻き撫でる。その触れ方は意外なほど繊細で、指先はレイルの耳を掠《かす》め、輪郭を辿って顎を捕らえた。

「お前が俺と戻らねぇならそれでもいい。けどそういうことなら、俺ももう遠慮しねぇからな」

ジオの青い目が近く迫るのを、レイルはぼうっと眺めた。黒々とした長い睫毛《まつげ》の縁取りが、鮮やかな青を引き立てている。陽光を反射する青い海を思わせる輝く瞳が、まっすぐとこちらに向かってくる。

こいつ顔よすぎてムカつくよな、なんて思った。

ふに、と唇が触れる。と思えばすぐに離れていった。

「……避《よ》けられるかと思ってたんだが」

「お、俺も、やべぇって思ったけど」

「何だよそれ」

愉快そうにジオは目を細めた。

レイルは自分でも訳が分からないでいる。

これはキスだ、と理解した瞬間、咄嗟にダメだと脳から指令が出たのに、身体が動かなかったのだ。

もう一度啄《ついば》むようなキスをして、ジオは言った。

「嫌じゃねぇか？」

「い、嫌ではない、な」

「ふうん」

ジオは頬《ほお》を緩めてレイルの顔を覗き込んだ。レイルは視線を合わせることができずに俯《うつむ》いた。

ジオとキスをするなんて、考えたこともなかった。なのに、全然嫌じゃない。だからどうしていいか分からない。

頬がじんわりと熱く、心臓がつきつきと痛んで苦しかった。

「髪、短いのいいな。似合ってる」

長いのも良かったけどな、とジオが微笑《ほほえ》む。ジオが纏う甘い雰囲気に、レイルはすっかり圧《お》されていた。

「……お嬢さまが、髪結いに連れてってくれたんだ。服も、買ってくれて」

「そうか。芝居、どうだった？」

「え？」

「そのお嬢さまと、芝居観てたんだろ？　楽しかったか？」

「ああ……」

ほとんど反射的に答えながら、レイルは芝居のことを思い出そうとした。

初めて訪れた劇場の広さ。着飾った人々。舞台上で繰り広げられる波乱万丈の物語と、観客たちの息遣い。帰りに少女と寄った菓子の屋台。

宿に戻って仕事に加わるレイルに、仲間たちがいちいち労いの声をかけてくれたこと。

宿のおかみさんがレイルが細すぎることを気の毒がって、まかないを大盛にしてくれたこと。食べきれなくて困っていたら、他の仲間たちが手伝ってくれたこと。

たった数日間の出来事が様々にレイルの胸に甦《よみがえ》る。

「……楽しかった」

そう、楽しかったのだ。

「他には何かしたか？」

「何かって？」

「観光したり、飯行ったりとか」

「まだ……今度の休みに港に行ってみるつもりだったけど」

海が見たくてこの町に来たのに、すぐに仕事に就いたレイルはまだ海岸に行けていなかった。

海は遠目に見るだけでも青く綺麗であったが、間近で見たいとも思っていた。

「じゃあそれは俺と行こうぜ」

ジオはレイルの髪を戯《たわむ》れにつまみながら言った。

「お前が楽しそうでよかった。けどちょっと妬《や》けるな。俺もずっと、お前を色んなとこに連れて行きたいと思ってたのに」

そんなの初めて聞いたぞ、と思いながら、レイルは以前ジオが王都見物に誘ってくれたことを思い出した。

近所のご婦人に子どもたちを頼み、半日だけ転移魔法で王都へ行く予定だったのに、小さい子が三人も熱を出してしまって結局行けなかったのだ。

レイルは今まで、色んなものをジオから与えられてきた。

だがそれだけでなく、今まで自分が実際に受け取った以上のものを、ジオは与えようとしてくれていたのかもしれない。

レイルは誰かを好きになるという感覚が分からなかった。それでもジオの優しさは身に沁《し》みて知っていた。

「ジオ……ほんとに、王女さまとは結婚しないのか」

「そんなもんお前としかしたくねぇ」

当然だろ、というふうに言った。レイルは少し困った顔になった。

「お前、俺のこと好きなの？」

「好きだ」

食い気味に返されて、レイルは束《つか》の間《ま》黙り込む。

＊＊＊

ジオは我知らず息を詰めてレイルの反応を待った。

「……そっか。なら仕方ねぇのかな。もったいねぇけど」

お前趣味わりぃんだなぁ、とレイルは苦笑を浮かべている。

ジオは堪《たま》らない気持ちになった。

これだから、ジオはレイルが好きだった。

レイルはジオの言葉をいたずらに疑ったりしない。世間の理屈を押し付けたりしない。そのままのジオを受け止め、変わることを期待しない。

王女と結婚するべきだ。それがお前のためだから。

そんな言葉を、レイルは言わない。

今までありとあらゆる人間が、ジオに変わることを期待した。

もっと賢く立ち回れとか、他人に興味を持てとか、周りに合わせせろとか。至極もっともな正論でジオを縛ろうとした。

ジオはその美しく正当な丸い型に自分を嵌《は》め込むことなく、たとえ他人から見ていびつでも、自分にとって自然な生き方をすることを選んだ。

こうするべきだと説くよりも、ジオがどうしたいのか、どういう性質の人間なのかをまず最初に置こうとするレイルの存在が、どれほどジオが生きていく上での支えになったのか、レイルは知りもしないだろう。

レイルがいたから、ジオは自分自身のままで生きることができたのだ。

「わっ、ジオ――」

思わず抱き締めると、レイルは身を竦ませた。

腕の中の薄く骨ばった身体《からだ》を痛めぬように、ジオは力を込めすぎないよう気をつけなければならなかった。

しばらくは慣れなそうに体を強張らせていたレイルも、ジオが腕を緩める気がないのを察してか、おずおずとジオの肩に頬を預ける。

胸苦しいほどの愛《いと》しさが体の中で渦を巻く。

こんな日が来ることを心のどこかでいつも期待していた。そしてそれを排除してきた。

殺しても殺してもしぶとく息づいて殺しきれなかったこの思いを、もう許してもいいのだ。レイルが応《こた》えてくれるかは、まだ分からないけれど。

それでもジオは、この先もう二度とレイルを放してやることはできないだろうと思った。

＊＊＊

「……お前が出てったって聞いてマジで焦ったんだぞ、馬鹿」

耳元で呟かれるジオの低い声がレイルの髪を揺らし、肌を伝う。それほど近く抱き合っているのだと実感し、レイルの胸はそわそわと騒ぐ。

「ご、ごめん」

「緊急連絡用の術式紙渡しといただろうが。使えよバカ」

「……ごめん」

こちらにもそれなりの言い分があるような気がするのだが、ぎゅうぎゅうと抱き締めてくる力強さの分ジオの思いが伝わるようで、レイルは素直に謝った。

「まぁお前がその石を置いていかなかったおかげで、とりあえずお前の身に危険がないのは分かってたからいいけどよ」

ようやく腕が解《ほど》かれ、ジオはレイルを正面から眺めて眩《まぶ》しそうに目を細めた。

「ちゃんと外さねぇでつけてたんだな」

シャツの上からペンダントの石を撫でるその指先に胸もとをくすぐられる。レイルは気恥ずかしさにシャツを掻き寄せてジオの手を遮った。

「だ、だって、俺以外の人がこれ持ってたら死んじまうんだろ？」

「お、それ信じてたのか」

「え、嘘《うそ》だったのか？」

「まぁ……お前がそれを外して出てってたら俺のメンタルが死んでただろうから嘘ではねぇな」

こいつほんと一体どうしたっていうんだマジで。

以前のジオからは想像もできない言い回しにレイルはもう唖然《あぜん》とするしかなかった。

「お前、ちょっと変わり身がすごいぞ……俺のこと嫌いかと思ってたのに……」

「好きだ。けどムカつく」

「何だそれ」

「ムカつくだろ。町の女に愛想振りまいてベタベタ触られやがって。女にもらった菓子はその場で食うのに俺が持ってった菓子は食わねぇし」

「それは、ご婦人方のは手作りが多いからな……おいしいって言うとまた作ってきてくれるんだよ。ジオはそういうの関係なく持ってきてくれるだろ」

「ふーん。あとはあれだ、女にもらった服ばっか着て俺がやったもんは着ねぇしよ」

「お前のくれる服は年頃の子が欲しがるんだ」

「そういうとこがムカつく。お前は他人に譲ってばっかでほっとけねぇ」

ムカつくムカつくと言いながら、ジオはレイルの顔中にキスを落としていく。

その度に、言葉とは裏腹に好きだと言われている気がして、レイルは苦しくなった。誰かに好きと言われることが、こんなに胸を締めつけられるものだなんて知らなかった。

「これからは何があっても、一人で出て行くなんてやめてくれ。お前にちょっかい出すやつがいたら俺に知らせろ。あんな紙切れ一枚で、俺を置いていくな」

じっとレイルの目を覗き込み、ジオは言った。

その命じるようでいて乞《こ》うような声音に、レイルは自分がジオに対してひどい仕打ちをしたような気分になった。

「べつにお前を置いていったわけじゃ……」

「レイ、返事は？」

「わっ、分かった」

「ほんとだな？　お前の心臓のサラシネにかけて誓うか？」

「……誓う」

ジオの甘だるい強引さに流され、からめとられていく。もはやレイルは疑問もなく身を任せていた。

「レイル」

やわらかな声に名を呼ばれ、その瞳に映されると、その先の言葉はもう分かりきっていて無意味に思えた。

ジオの両目が近く迫る。レイルはぎゅっと目を閉じた。

＊＊＊

「はっ……ん……んぁッ……ジオ、待っ……ぅん……ッ」

苦しい。息ができない。

レイルはなす術《すべ》もなくはぁはぁと喘いだ。

くらくらとめまいがするようで、ジオの腕の中から逃れたいのに、レイルが身を捩《よじ》っても胸に手をついてもジオは巧みにそれを押さえ込み、決して放してはくれない。

ジオの舌はくちゅくちゅとレイルの口内で愛撫《あいぶ》の限りを尽くし、時折やわく歯を立ててレイルの肌を震わせる。

ぞぞぞと怖気《おぞけ》がくるような未知の快感に、レイルはただただ慄《おのの》いた。

「じ、ジオ……なぁ、……そ、そろそろ……んっ」

「まだだ。足りねぇ」

端的に突っぱねて、ジオはやむことなくレイルの舌を貪《むさぼ》る。

かつえたけだもののように強引で、それなのにレイルの耳や頬《ほお》を撫でる手つきは甘い。

ジオがもたらす快感に翻弄《ほんろう》されるまま、レイルは必死にジオの胸に縋りついた。訳も分からぬままに、この身が溶け崩れてしまいそうで怖かった。

「はっ、……はぁッ……っんぅ……も、やめ……ッ」

「下手くそか。鼻で呼吸しろって」

レイルの息がいよいよ上がってくると、ジオはようやく腕を緩めた。

その言いようにカチンときて、レイルはジオの胸を押した。

「う、うるせー！　お前は慣れてるだろうが俺は初めてなんだよ！」

「安心しろ。俺も初めてだ」

ジオはレイルの腕を取ると、またぎゅっと引き寄せて言った。

乱れる息を整えながらも、レイルはぽかんとして間近にあるジオの顔を見上げることとなった。

「え？」

「どした？」

「お前初めてなの？」

「悪いかよ」

それがどうした、と言わんばかりのジオの態度に、レイルは困惑を隠せない。

「いや、だってなんか、うまいし……それにその……えぇ……？」

勇者になったジオは、今では王都でも高名な騎士のうちの一人だ。

なにせ王女さまとの結婚の話まで持ち上がるくらいなのだから、王都でのジオはさぞかしモテモテだろうと思っていたのに。

ジオのことだ、そういう修行かなんかだったのかも、とレイルは自分を納得させた。

「任せろ、俺はイメトレ上ではかなりの上級者だ」

様々な思いの滲むレイルに対し、ジオはいやに堂々と言った。

「お、おう……任せていいのか分かんねぇなそれ」

思わず苦笑した。なんの自信なんだ。いや、確かにすごかったけど。

しかしこの手のことにまったく経験のないレイルには、ジオは自分よりはすごいという大雑把な分類しかできない。

「ならもうちょっと試そうぜ」

ジオの目がいたずらな閃《ひらめ》きを放ち、唇がまたレイルのそれを追ってくる。

ジオに迫られると、レイルは怖いような切ないような心地《ここち》になった。その密《ひそ》やかな怯《おび》えは、ジオの熱烈な抱擁と口づけで徐々に溶かされて、レイルはくったりとしてジオのされるがままになる。

「ん、ぁ、……ん……んっ」

息の仕方を教えるように、ジオはじっくりとレイルの口を塞《ふさ》いだ。

そうするとレイルはぎこちないながらも何とか呼吸のコツを掴み、ジオの口づけはますます不埒《ふらち》さを極めて長くみだらなものとなり果てる。

する、と背中を撫でた手にジオの更なる欲望を感じ、その先を予感してレイルは血の気が引く思いがした。

子どもたちへの性教育の必要性から、経験がないレイルも知識だけはあった。

「じ、じお、今日は、もう無理……っ、心臓破裂する……！」

頼む！　勘弁して！　という思いで見つめると、ジオはふっと苦笑を零《こぼ》してレイルの目尻《めじり》を優しく拭《ぬぐ》う。そうされて初めて、レイルは自分の目に涙が滲んでいたことに気づいた。キスというものが、こんなに息苦しくて生々しくて涙が出るほど心臓に悪い行為だなんて、レイルは知らなかった。

「そりゃ大変だ。お前の心臓なら何より大事にしてやんねぇとな」

そう言いながらも、ジオは再びレイルを抱き締めて耳の後ろに鼻を寄せたり、髪にキスをしたりする。だからレイルの心臓は、依然として忙《せわ》しないままだった。

けれどジオの腕の中、服越しにじんわりと伝わるジオの体温や、ジオの髪や肌の匂《にお》いに包まれていると、不思議と気分が落ち着いてくる。

初めての触れ合いで否応《いやおう》なく反応してしまった下半身の熱がおさまった頃《ころ》、レイルはジオの顔を見ないまま言った。

「……お、俺、もう仕事戻るから」

「ああ、分かった」

ジオはあっさり腕を解いた。

「お前も帰るんだろ？　馬車呼んでもらうか？」

「俺がお前を置いて帰るわけねぇだろ。ちょうどいいからこのまま泊まってく。騎士団のほうも今は特別休暇中だしな」

「えっ……でも、孤児院は……みんなのとこに行かねぇの？」

思わず訊いてしまってから、レイルは決まりの悪い思いで俯いた。

以前、ジオに誘われて半日だけ王都に行くことを決めた時のことを思い出す。レイルがいない間の子どもたちの世話をかって出てくれたご婦人と、当日についての打ち合わせをしていた際、横で話を聞いていた別のご婦人が、「子どもを置いて遊びに出かけるなんて」と眉を顰めたのだ。

ジオに対し、自分もまたそういう態度をとってしまってはいないだろうか。

しかしジオはこだわりない様子でやわらかに微笑《ほほえ》み、レイルの髪を撫でた。

「チビたちはお前が消えた日によそへ避難させたんだ。王家の出方が分からなかったからな。今は獣人領の施設で世話になってる。辺境は王家もおいそれとは手を出せねぇ。俺も一緒に行ったが、いいとこだったぜ。獣人領は子どもを宝だといって地域ぐるみで大事にする文化なんだそうだ。だから心配しなくていい」

「そ、そっか」

先ほどいた獣人とミルバンヌの家が支援している施設だと説明され、レイルはほっと息をつく。心にずっとつかえていたものが、少しだけ押しやられたようになった。

レイルが王女さまにもらった金もジオが返したというし、子どもたちとも二度と会えないということはなさそうである。

レイルのそんな心の内を読み取ったかのように、ジオは言った。

「お前が行きてぇなら今すぐにでも連れてってやるけど……レイル、お前はどうしたい？　チビたちのとこに行ってもいいし、ここに残って仕事を続けてもいいし、キリのいいとこで辞めてよそへ行ってみるのもいい。それに……そうだな、とりあえず俺とこの町をブラブラするのも悪くねぇんじゃねぇか？　せっかく来たんだ。たまには息抜きしてもバチは当たらねぇだろ」

レイルは呆然《ぼうぜん》とジオを見返した。

ジオは孤児院に戻らなくてもいいと言ったが、ジオとキスまでする関係になるというのは、いずれ共に帰ることになるのだろうと無意識に思い込んでいた。

突然目の前に提示された選択肢に、レイルは戸惑った。

自分はどうしたいのか。

当然、子どもたちのことは気がかりだった。

だが下働きの仲間たちや少女のことを思うと、まだここで働いていたい気もする。

まだ海をちゃんと見られていないし、ジオと町をブラブラするのも楽しそうだし、もう一度でいいから勇者の芝居を観たかった。

宿で働く従業員に、行く先々で短期の仕事をし、旅費が貯《た》まったらまた旅に出ているという者がいて、そういった話を聞くうちに、そういう生き方も悪くないなと思ってもいた。

今まで必要に迫られる上での限られた選択肢しか見てこなかったレイルにとって、ジオの質問はかなりの難問に思えた。

「急に言われても難しいよな。まぁ俺はしばらくはお前の側《そば》を離れる気はねぇし、ゆっくり決めようぜ」

黙り込んでしまったレイルの頬を撫で、ジオはあやすような声で言った。

ジオが宿泊の手続きをするというので受付まで案内し、レイルは主人に詫びを入れて仕事に戻った。

調理場に入ると、ちょうど休憩の時間であったらしく、下働き仲間たちが何やら話し込んでいるのが見えた。

「あ、レイル！」

その内の一人がレイルに気づき、さっと近寄ってくる。

「ちょっと、こっち来て」

彼はレイルの背を押して、調理場の裏手へと連れ出した。

他の面々も後をついてくる。

彼らはレイルを取り囲み、それぞれが目配せをすると、やにわに切り出した。

「レイル、正直に言ってくれよ？　お前、あいつから逃げたいんじゃないか？」

「え……？」

レイルは何を言われたのか咄嗟に理解ができなかった。

口ごもるレイルに何を思ったのか、仲間たちは声を潜めて言った。

「お嬢から聞いたんだ。勇者がお前を追って来たんだろ？」

「ああ、まぁ……」

追って来た。

それはその通りなのかもしれないが、それを言う彼の口ぶりにひっかかりを感じる。

「訳ありなんだろうと思ってたけど……お前勇者の恋人か……もしかして愛人だったのか？」

「勇者のやつ、第二王女と結婚するからってレイルが邪魔になって追い出したんじゃないの？」

仲間たちの追及に、レイルは狼狽えた。

ジオがレイルを追い出すなんてことはあり得ない。ジオに嫌われていると思い込んでいた時だって、レイルはジオに手ひどく扱われるなどと思いもしなかった。彼らがどうしてそんな考えに至ったのか理解が及ばず、レイルは言葉に詰まった。

「いや、そうじゃなくて、あいつは——」

弁明しようと思うのだが、仲間たちは痛ましそうにレイルを見て口々に言った。

「レイルを裸同然の無一文で追い出しておいて、今さら連れ戻そうだなんてどういうつもりだよ。親父《おやじ》さんが言ってたけど、お前、すげえ遠くの町から来たんだろ？　それなのにあんな軽装でほとんど手ぶらなんて……どう考えてもおかしいだろ」

「だいたいこんなにガリガリで、趣味悪い服着させられて、眠りも浅いし……お前ちゃんと人間扱いされてたのか？　健康で文化的な最低限度の生活を保障されてたとは思えねぇんだけど」

「そもそも愛人連れ戻すのにゾロゾロお友達引き連れてくるなんてどういう神経してんだって」

「レイル、逃げるならこれ持ってけ。返さなくていいから」

そう言って手に握らされたものは小さな巾着《きんちゃく》だった。ずしりとした硬貨の重みを感じ、レイルは言葉を失った。

「少ないけど、俺たちの手持ちの金の全部だ。船なら遠くへ逃げられるぞ」

「なんなら俺らが足止めしといてやるよ。英雄だかなんだか知らねぇけど、レイルにひでえことするやつなんか――」

レイルは頭が真っ白になった。

今までレイルの周りにジオを悪く言う者はいなかった。

ジオは田舎《いなか》の孤児院育ちという不遇さに負けず王都で出世を遂げ、いまだに孤児院を訪れては同じ境遇の孤児たちと親しみ、彼らを支援する立派な若者だ。町中がジオを誇りにしていた。

そして何より、自分のためにジオが責められるなどという状況に、レイルは陥ったことがなかった。

「違うんだって！　ジオはそんなやつじゃねぇよ！」

思わず声を荒らげ、そんな自分に驚愕《きょうがく》する。

仲間たちもぴたりと口を閉じた。

それからにっこりと笑みを浮かべた。

「へぇ、じゃあどんなやつ？」

気がついた時には、レイルは彼らの話術によって、ここに来るまでのおおよその経緯を吐かされていた。

そもそもレイルは、自分自身について他人に話す機会などほとんど無い人生を送ってきた。町でも「孤児院のレイル」というだけで完結していた。他人から興味を持たれることがなかったともいえる。

そんなある意味では世間知らずなレイルより、彼らは一枚も二枚も上手であった。

王女さまの金のことやジオの仲間たちによく思われていなかったこと、ジオがレイルに好意を寄せていることなどはぼかして答えたつもりだったが、世慣れた彼らにとっては察するに容易であったらしい。

一通りの質問がやむと、彼らは複雑そうに顔を見合わせた。

「はぁ～なるほどねぇそういうこと」

「お前も苦労してきたんだな」

「つか勇者さんも被害者じゃね？」

「でも……レイルには気の毒だけど、俺、勇者さんのお仲間さんたちの気持ちもちょっと分かるんだよなぁ。ほら、ちゃんとした仕事してて真面目《まじめ》でも、私生活が危なっかしいやつってたまにいるだろ。変な宗教ハマったり、高額商品買わされたり、しょうもない親に搾取されてるようなの」

「あー、いるいる」

「給料の大半を寄付って普通しねーもんな。それも毎月、何年も。ダチがそんなんだったら心配にはなる」

「それにさ、こんなこと言ったら悪いけど、前のレイルの外見だと寄付金使い込んでるって誤解されそうなとこあるっていうか……」

「それな」

またそれか、とレイルは遠い目をしたが、ジオについて分かってもらえたので良しとした。手渡された金も返して、ほっと息をつく。

「まーでも、誤解が解けたみたいで良かったなぁ」

「しかし勇者さまも健気だねぇ。レイルのためにそこまで尽くしてさ」

「いや、そんなんじゃねぇから……ジオは俺のためじゃなくて、孤児院のためによくしてくれたんだし」

レイルがそう言った途端、彼らの表情はスン……と凪《な》いで、それぞれが生温い目になった。

「レイル……それはない」

「確かに間違ってはないんだろうけど、それだけでは満点もらえないやつだぞ？」

「鈍感かよ。勇者さんに同情するわ」

「こういうとこがほっとけないのかねぇ」

そういうことではないのだ、と重ねて主張しかけたものの、そういえばジオは俺が好きなんだった、と思い至って口を噤む。

これまでのジオの気遣いや優しさが、自分に対する好意そのものだったとしたら。

だとしたら、ジオは長いこと自分を想《おも》ってくれていたのではないか。

じんわりと胸があたたかくなり、レイルはほのぼのと頬《ほお》を赤くした。

いい年をして恥じらう小娘の如《ごと》き風情で黙り込むレイルを、仲間たちはニヤニヤと眺めている。

気を取り直して仕事に戻ろうという時、彼らは改まった様子で言った。

「レイル、さっきはごめんな。勇者さんのこと悪く言って」

「え？」

「レイルがあんな大声出すんだからさ、よっぽどムカついたんだろ？」

「ああ、ちょっとしたことじゃ怒りそうにないもんな、お前」

「事情も知らねぇのに、好き勝手言って悪かったな」

そう言われると、冷静さを欠いた自分が急に恥ずかしくなる。

彼らはレイルの身を案じて、自分たちの金まで出して逃がそうとしてくれたのだ。

「俺も、すまなかった。心配してくれたのに」

「いいって。友達だろ」

レイルは意外な思いで彼らを見返した。

まさかこの年になって、友達なんてものができるとは思わなかった。

照れくさそうにはにかむレイルの肩や背を軽く叩きながら、彼らはそれぞれの持ち場へ戻っていった。

思えば孤児院では子どもたちと牧歌的な暮らしをしていた。

毎日が戦場のようでもあったが、分別のつく年の子たちには助けられ、年端のいかぬ子には慕われて、下働き仲間が言っていたような世間の落とし穴とは無関係に生きてきた。

貧しくとも、それを支えてくれるジオという心強い兄弟がいた。

外に出てからはこの宿に置いてもらって、皆がなにくれとなく良くしてくれる。

自分の人生は、案外幸運に恵まれているのかもしれない。

そんなことを思いながら、レイルもまた調理場へと戻った。

＊＊＊

「――と、いうことがあったのよ、勇者さま」

「へぇ、そうか」

宿泊の手続きを済ませ、今後のために町の転移所の場所を確認しようと外出したジオは、宿屋の主人の娘に捕まっていた。

転移所に案内をしてくれるというので、二人は並び立って歩いている。

「あら、もっと喜ぶのかと思ったわ。あのレイルが勇者さまのために怒ったのよ？　だからわざわざ教えてあげたのに」

「そりゃどうも。けど嬢ちゃん、盗み聞きはあんまり褒められたもんじゃねぇな。特に客室でそんなことしてると、場合によってはひでぇ目に遭うぞ」

釘《くぎ》を刺すと、少女はキョロリと目を泳がせた後に観念したような顔をした。

「ごめんなさい……でも今回は特別よ。レイルが心配だったんだもん。それにアダルトな展開になる前にちゃんと退散したでしょう？」

「ああ、退《ひ》き際がいいのは美点だ。自制心は大事だよな」

ジオは自分に言い聞かせるように言った。

今すぐレイルを部屋に連れ込んでやりたい気分だが、仕事の邪魔をするのはまずい。

「なぁ、この辺でうまい飯屋と菓子屋があったら教えてくれ」

「いいけど、どんなお店がいいの？　お一人さま？　デート用？　料理の好みは？」

「デート用だ。食いやすくてカロリーが取れるようなのがいいな」

「そうね、レイルは食が細いから……勇者さまも苦労するわね」

少女の労いへの礼として、ジオは少女がすすめるスイーツ店に赴き、彼女にたっぷりと甘味を奢《おご》ったあとで、大量の菓子折りを注文し、宿屋の従業員に差し入れた。

「勇者さんの亭主面がすごい」

「俺たちへの牽制《けんせい》かと思うと怖い」

「気遣いとともに経済力を見せつけてくるその二面性がヤバい」

休憩中、菓子を頬張《ほおば》りながら、仲間たちは面白がった口調でそんなことを言う。

それからもそもそと菓子を噛み砕くレイルに笑いかけた。

「まぁでも……実際のところ、レイルに食べさせたくて買ってきたんだろうね」

「愛されてんなぁ、レイル」

噛むほどにバターの香りが口中に広がる甘い焼き菓子を、レイルは無心に飲み下している。

その耳が赤く色づいているのを見て、仲間たちは内心で彼らの今後を祝福した。

＊＊＊

パファムジアの港近くの大通りから小路に入ってすぐの小さなカフェには、夜な夜な一人の男が現れる。

彼がこのカフェに通い出したのはつい最近のことである。

漆黒の髪と鮮やかな青い目をしたその男は、毎回決まって薄荷水を注文し、テラス席の端に陣取った。

男の正体に気づいた店主が酒でもてなそうとしても、彼は毎回丁重にこれを断り、夜の灯《あか》りで薄明るくなった小路の先に気を向けながら、持参した本を眺めている。

このカフェでは夜は酒も出すため、店内はそれなりに賑やかで、人々の交流の場となっている。

しかし、外の席でゆったりと長い足を組み、いかにもな人待ち顔でいるその男に話しかける者はない。

長身で見るからに鍛え上げられたと分かる体躯をした彼の居姿は実に堂々として、本に目を落としているだけでも充分に人々の注目を集めた。

彼の席の周辺は常に女性客が席を確保しており、それぞれがちらちらと秋波を投げかけている。

男はその一切に反応を示すことはなく、冴え冴えとした雰囲気を身に纏い、一分の隙《すき》もない様子で周囲に無言の拒絶を表明していた。

男が席について三十分ほどもすると、小路の向こうから一人の青年が小走りにやってきて、男のもとへと駆け寄っていく。

ひょろりと細長い体つきをしているのが特徴的だが、それ以外はどこにでもいそうな見た目の、こざっぱりとした身なりの若者である。

彼の姿を目にした途端、美しい彫像のように無機質な表情をしていた男は、その相貌《そうぼう》を甘く蕩《とろ》けさせた。

そして青年の腰を引き寄せ、その耳元に何事か囁くのであった。


「お疲れさん、腹減ってねぇか？」

「ああ。まかないたっぷり食ったから……つーかジオ、毎日迎えに来なくていいんだぞ？」

「俺が来たくて来てんだよ。迷惑か？」

レイルの頬《ほお》に軽いキスを送りながら、ジオは言った。

「そういうわけじゃねぇけど」

カフェや道行く人々の視線を感じ、レイルは気恥ずかしそうに俯いた。

ジオはそこにいるだけでも人目を惹《ひ》く人物である。そのジオが往来だろうと人目も気にせずキスを送ろうとする相手に、自然と人々の注目は集まった。

「ひ、人が見てるから……」

笑って唇を寄せてくるのを押しとどめると、ジオは意にも介さぬ様子で言った。

「俺としては町中に知れ渡るほど見せつけてやりてぇけどな。そのほうが面倒が少なそうだ」

「バカ、俺の羞恥心《しゅうちしん》の限界に挑むのはよせ」

赤い顔で弱々しくジオの胸を叩く。ジオはくしゃっとレイルの髪を撫《な》ぜた。

「分かったよ。ならさっさと帰るか」

獲物を巣穴に引き込むような目をして、にやりと笑う。

男が青年の肩を抱き、夜の闇間に消えていく。

カフェの客たちは酒杯片手にそれを見送り、まるで騎士が姫君を守るかのようだと言い交わす。

そしてかの青年の素性について様々な憶測を発表しては、酒の肴《さかな》として楽しんだ。


宿の自室の扉を閉めると、ジオは背後からレイルを抱き締め、うなじにちゅっちゅっと吸い付いた。

「ジオ、俺、汗かいてんだって」

「お前の汗の匂《にお》い好きなんだよ」

レイルのその手の制止は聞き入れられたためしがない。それなのに毎回いちいち抵抗するレイルの初々しさは、ジオの男心をどうしようもなく刺激する。

シャツの裾《すそ》をたくし上げ、その平たく薄い腹を撫でる。

レイルの身体《からだ》は、筋肉も脂肪も必要最低限の備えがあるばかりだ。ろくに鍛えてもいないというのに、表面を覆う脂肪の極端な薄さから、レイルの腹筋はそのままの形状を皮膚上にあらわし、そのためにうっすらと割れて見えた。

長身に相応《ふさわ》しく手足も長いせいで、レイルの印象といえばとにかくヒョロ長いの一言に尽きる。

とはいえ痩せてはいても風邪一つひかないほど頑丈であることもまた事実であった。

今は若いからまだいいが、加齢とともに栄養不足ゆえの不具合が出るかもしれない。それがジオの目下の懸念である。

だが今は心配事は脇《わき》に置き、ひとまずはこの休むことを知らぬ身体を緩ませてやらねばならない。

レイルの顎を取って振り向かせ、その薄い唇を舐める。

おずおずと口を開くのに合わせて舌を挿し入れ、いまだ慣れずに萎縮しているレイルの舌をくすぐった。

戸惑いや羞恥《しゆうち》は残るままだが、ジオがやわらかに舌を吸うと、レイルの身体は徐々に強張りを解き、くたりとジオに背を預ける。

レイルがその身をゆだねるこの瞬間が好きだ。

湧《わ》き上がる喜びにまかせてレイルの舌をからめとり、その甘い唾液《だえき》を舐め上げて、零《こぼ》れる嬌声《きようせい》ごと飲み下す。

とろりと溶けた金の瞳に映されると、ジオの雄の本能は猛《たけ》り狂うほど燃え上がった。

「……今日もすんのか？」

「お前が疲れてんならやめてやるけど？」

ジオが決して無理強いしないことは数日前に実証されていた。

疲れているからと言い訳をしたレイルに、ジオはそれ以上の手出しをせず、ただ甘い口づけをして抱き締めて眠ったのだ。

しかしその日のレイルは安眠とは程遠かった。

ジオはレイルを背後から抱き締めて寝るのがお気に入りである。ジオの雄の昂《たか》ぶりを腰に押し付けられ、肩やうなじに吸い付かれて、せめて少し離れて寝ようとしても腕を解いてもらえず、レイルは悶々《もんもん》としたまま浅い眠りを繰り返した。

そもそも疲れているというのも照れくささにまかせただけの言葉で、本気で拒否したかったわけではない。

いつも強引なくせに、ジオは最終的にはレイルに決定権を委ねた。

そのせいでレイルは何も誤魔化《ごまか》すことができない。今夜だってそうだ。

「……疲れて、ない」

消え入りそうな細い声は、ジオをいたずらに喜ばせてやまなかった。

「わっ――」

横抱きに抱き上げると、レイルは慌ててジオの首元に縋りつく。

「なぁ、重いだろ。いちいち抱っこしなくても自分で歩けるぞ」

「お前がもっと重かったら俺はもう少し安心できるんだがな」

長年子どもの相手をしていたレイルの言葉選びは時に幼い。微笑ましい思いでジオはレイルをベッドに連れ込んだ。

「今日はどこも怪我《けが》しなかったか？」

「ああ、何もなかった」

昨日《きのう》下働きの仕事から帰ったレイルは、手に軽い火傷《やけど》を負っていた。調理場に置かれていたオーブン用の天板を、冷めているものと思ってうっかり触ってしまったという。

赤味を帯びた肌が気の毒で、ジオが丹念に膏薬《こうやく》を塗り込むと、レイルは「大袈裟だな」と苦笑していた。

何が大袈裟なものか。

ジオはレイルに教えてやりたかった。

怪我をするような仕事など、今後一切やらなくていい。金なら俺が稼いでやる。お前はただ安穏と何の苦労もなく笑っていればいい。

それがジオのほんとうの望みだった。

しかしレイルに押し付けたくはなかった。宿の少女と芝居を楽しみ、下働き仲間と親しみながら仕事に励むレイルのその経験を損なうことはできない。レイルが自ら選び、望んでくれるのでなければ意味がない。

「ぁ、……んっ、……ぁ……っ……」

覆いかぶさるように組み敷いて、深い深い口づけをする。

首筋にじっとりと無遠慮に吸い付き、指先であばらの浮いた胸を辿ると、それだけでレイルは高く声を震わせ、その声に自ら恥じ入って唇を噛む。

その度にジオはその唇をキスで解かせ、自分の願望を率直に伝えた。

「レイ、声聞かせろ。そのためにこの宿を選んだんだ」

「あっ……、おまっ……くそ、自分だけかっこつけやがって……んぁあッ」

胸の先端を指先で抓《つま》むと、悪態を吐く口が嬌声を上げる。

ジオはにんまりと笑みを浮かべた。

「お前にかっこいいって言われんのは好きだぜ」

悔しそうに睨んでくるのをキスで宥めて、舌をゆるく吸い上げながら、小さな乳首をくりくりと潰《つぶ》す。

そうすると、レイルはこちらが堪《たま》らなくなるほどとろとろと快感にくずおれて、ジオの願い通りに甘い声を上げげた。

自慰さえ後回しにしてきたであろうレイルの無垢な身体は、驚くほど淫楽《いんらく》に弱く敏感で、その事実はジオに深い喜びをもたらした。

「あっ……んぁ……っ」

濡《ぬ》れた舌を胸に這《は》わせ、もう片方を手の平で転がしてやる。

舌先で捏《こ》ね、吸い付いてはやわく歯を立てる。その度にレイルは愛らしい嬌態《きょうたい》を見せ、ジオは自らの欲望が硬く熱をもって痛いほどに張り詰めていくのを自覚した。

互いの服を取り払って腹を重ねると、それまで受け身に徹していたレイルはジオの背に腕を回して肌を摺《す》り寄せる。

「……ジオ、もっと体重かけていいぞ」

「怖《こえ》ぇよ。折れちまうだろ」

その言葉が許可ではなく、ねだっているのだと気づくまでには数度を要した。

レイルはジオの身体の下で圧《お》し潰されるようになるのをなぜか好む。

レイルのおねだりならば何だって叶《かな》えてやりたいと望むジオでも、二人の体重差を考慮して毎回思いきれないでいる。

そんなジオをもどかしく思うのか、レイルは拗《す》ねた口調になった。

「んな簡単に折れねぇよ」

「細すぎんだって、お前」

慎重に体重を乗せていくと、それに合わせてレイルがうっとりと息を吐く。苦しくはないだろうかとジオは気が気でない。

二人の身体が隙間なく密着を果たして、腹のあわいで熱をもった互いのものが重なり、じんと痺れるような性感を生む。

「……ジオの、すげーあっちぃ」

ぎゅっと抱き着いた上、吐息交じりにそんなことを言う。

ジオは唸る雄の衝動をこらえて、レイルの髪を撫でた。

「レイ、キスしたい」

「ん……」

ジオが誘うと、レイルはしがみついていた腕を緩めてジオを見上げた。小さな灯《あか》りがあるだけの薄暗がりで、レイルの金の目が輝く。

唇を寄せるとその目蓋《まぶた》が落ちてしまうのを惜しく思いながら、ジオは甘やかな口づけを繰り返した。

「はッ、んっ、……ぅあッ……じお、あっあっあっ」

「お前が感じてんの、すげー可愛《かわい》い……だめだレイ、顔隠すな。こっち向け」

唇は合わせたままで、ゆさゆさと前後に身体を揺らし、腹の間の互いのものを擦《こす》り合わせて快感を高めていく。二人分の先走りがぐちょぐちょと淫靡《いんび》な音をたて、レイルの悲鳴じみた声と共に静寂を彩った。

レイルは次第にあられもなく艶《つや》やかに泣き濡れ、肌にうっすらと汗を滲ませてジオの名を呼び続けた。

まだこれ以上の行為には腹が決まらぬ様子のレイルに、ジオも急ぐことはないと寛容さをもって接している。その結果がこの児戯にも等しい触れ合いである。

「あっ……じ、じお、おれ、……もぅ……ッ」

「ああ、いかせてやる」

律動を速め、いっそう腰を押し付ける。

「うぁっ……んっ、……んん――」

頭を押さえ込んで舌を絡めると、レイルはあっけなく達した。

はあはあと熱い吐息を乱れさせるその口を更に塞いで、やわやわと労《いた》わるように舌を吸う。

レイルの身体が完全に弛緩《しかん》しきったところで、ジオは今度は自分の番だと言わんばかりにレイルの太腿《ふともも》を抱えた。

「足、閉じられるか?」

「ん、うん」

半ば放心しながら、必死にその細い腿を合わせるさまがいじらしい。

ジオはその腿の合間に熱い欲肉を押し込み、食い入るようにレイルの顔を見つめながら腰を振る。

「ジオ、見んなってば……」

露骨な視線から逃れようとするレイルの身体《からだ》を押さえ込み、太腿を抱き合わせていっそう激しく腰を打ち付けた。

こんな頼りない情交ではなく、レイルの体内に深く潜り込み、あますことなく包まれて満たされたい。その思いは日に日に強まるばかりだ。

だがそのためにはレイルの不安を取り除き、深く番うことへの関心を誘ってやる必要がある。

逸《はや》る劣情を受け流し、目の前のレイルの羞恥にくれる表情をただ目で追った。

「レイ……ッ」

熱情がほとばしり、レイルの腹を汚す。

ジオの直情的なやり方にあてられて、レイルは熱に浮かされたような顔でジオを見上げていた。

「熱い……」

密《ひそ》やかな呟きと、白濁を辿る指先が、汗でしっとりと艶を帯びた白い腹の上を滑る。

膨大な火の魔力をその体内に宿すジオの体液を、レイルはひどくあたたかく感じるらしい。

その無防備な媚態《びたい》に再び反応しそうになるのをこらえ、ジオはレイルの望みにそってその体を圧し潰すように抱き締め、赤く腫《は》れた唇をさらに貪った。

かかる重みによって浅くなるレイルの呼吸にジオが体を離そうとすると、レイルの腕が意外なほど強い力でそれを阻む。

初めてレイルのその癖に気づいた日、苦しくないのかと訊ねたジオに、「安心する」とレイルが小さく笑った時、ジオは無性に泣きたいような心地《ここち》がした。

生々しい欲情のひとときを抜け出て、二人の口づけは徐々にじゃれ合うようなものに変わる。

レイルの顔中に触れなければ気が済まないとばかりにジオがキスの雨を降らせるその間、レイルはぼうっとジオの瞳を追っている。

こいつ、実はけっこう俺の顔が好きなんじゃねぇのか。

ジオは密かに自惚《うぬぼ》れていた。

「レイ兄ってあれでなかなか面食いなとこあるよな。まぁジオ兄みたいなのに張りつかれてちゃ仕方ない気もするけど」

と以前ウィリーが指摘していたこともある。

顔なんざ目と鼻と口がついてりゃそれでいい。

世間に名が知れていくにつれ、男女の別なく言い寄られる機会の多くなったジオは、己の容姿を面倒事の一因だと邪魔くさく思っていた。

だがレイルの関心を惹けるのならば、話はまったく別だった。

レイルの瞳に映る自分が極上の笑みを浮かべるのを意識しながら、ジオはレイルに微笑《ほほえ》みかける。

「レイ、愛してる。お前は俺のもんだ。二度と放してやらねぇ」

この思いを刷り込もうとするように、レイルのお気に召すであろう表情と共に囁いた。言葉の意味はあまり重要ではない。事後のレイルは快楽の余韻に蕩け切っていて、あまり頭は働いていない様子だ。

今回も、この身勝手ともとれる言いようがレイルの思考の中心まで届いたかどうかは不明である。

レイルはジオの微笑みにつられるようにうっとりと笑みを浮かべ、ジオの肩に顔を埋《う》めた。

ベッドの上でくたくたとしどけなく身を投げ出し、腕の中でとろとろとまどろむレイルを抱き上げて、ジオは備え付けの風呂場に向かった。

レイルは今は住み込みをやめ、通いに切り替えて宿で働いている。

レイルが他の従業員との相部屋《あいべや》で寝起きをするのを、ジオが許さなかったためだ。その点に関して、ジオはまったく譲る気はなかった。

ジオがとった部屋に寝泊まりしたらいいと提案すると、レイルは「職場でいかがわしいことはできない」と先を予見したもっともな主張で反論した。うぶに見えてもレイルは大人の男である。ジオが何を望んでいるかは違《たが》うことなく把握していた。

勇者がレイルを迎えに来たという事情から、宿の主人は手際よく次の従業員を募集していて、レイルは辞めても残ってもどちらでもかまわないという扱いになっていた。

勇者一行が馬車で乗りつけたことで、レイルの働く宿は今や町で話題のスポットだった。客の倍増とともに採用希望の者も殺到しているという。

レイルは宿の主人と相談し、次の給料日をもって辞めることと、それまでは人手の少ない夕方から夜までの遅番の時間だけ働くことに決めた。

ジオはレイルが職場に行っている間は獣人領の孤児の保護施設に通い、または王都で雑事を片付けている。

ジオが新たにとったこの宿は、貴族用で造りが凝っている。部屋が広くて壁が厚く、風呂がついているのでここに決めた。

あらかじめ張っておいた湯はすっかり冷めていて、ジオは火魔法を使っていい具合まで湯温を高め、レイルの身体を抱いたままで湯に浸《つ》かる。

甘い果物のような香りのする乳白色のとろりとした湯の中でレイルの身を清め、湯船に寄りかからせてその髪を洗い、ふわふわとしたタオルでレイルの身を包むと、またベッドに戻った。

精を吐き出した後のレイルはすっかりジオに身を任せきっていて、眠気をあらわにしたままほとんど無言を貫いた。

それが長年子どもたちの無邪気で罪のない要請を優先し続け、自らの休息をないがしろにしてきたレイルが、唯一ジオだけに見せる甘えた姿だと思うと愛《いと》おしくてならない。

月明かりの下、腕の中でささやかな寝息を立て始めたレイルの顔を眺め、ジオはその額にキスを落とした。

「――わたしたちの心臓の真ん中に、真《ま》っ赤《か》な火が燃えています」

密やかに祈りの言葉を繋ぎ、眠っているレイルの分も兼ねて一日の終わりを締めくくる。

「火神サラシネを抱く兄弟たちへ、変わらぬ愛を注ぎます」

幼い頃《ころ》はただ表面をなぞっていただけのその祈りは、次第にレイルを想《おも》うものとなり、今ではレイルが大事にする多くのものにまで捧げられた。

腕の中、最愛の兄弟の背を抱いて、ジオもまた深い眠りについた。


レイルが遅番勤務に切り替わってからというもの、ジオは度々レイルを外に連れ出そうとした。新鮮な海の幸を楽しめる飯処や遊覧船の着く港など、宿の少女からの情報提供に基づき、デートスポットは事前に把握している。

遅番とはいえ日付が変わる頃にはレイルは寝ているし、仕事が始まるまでの短い時間なら観光にあてても体力的に問題ないだろうという判断である。

しかしレイルは、ジオの提案にさして興味を示さなかった。

「お前が色々考えてくれんのは嬉しいけど、できれば昼すぎまで寝てぇ」

レイルはジオに対しては余計な気を遣わず、本音でものを言う。ジオはそれを好ましく思っている。勝手に気を遣われて勝手に疲弊されるのは、お互い不幸でしかない。

ジオと二人きりの宿暮らしになってから、レイルは猫のようによく眠った。

長年の疲労の蓄積なのか、それとも慣れない環境で気を張っていたのが、自分の前で緊張の糸が切れたのかもしれない。そう思うと、いくらでも寝かせてやろうという気になった。

「好きなだけ寝られるって最高すぎる。俺はもうベッドちゃんと結婚する」

シーツに頬ずりしながら、そんなことを言う。

ベッドちゃんとの結婚は許容しかねるが気持ちは分かる、とジオが言うと、レイルは子どものような顔で笑った。

乳児の呼吸が正常に行われているかを気にすることなく寝られる夜も、やけに早く目覚めてしまった子の駆け回る気配で起こされることがない朝も、無邪気に誰かが腹に飛び乗ってくることを警戒せずにまどろむ昼も、レイルにとってはそれだけで得難い時間に感じられるのだろう。

子どもに罪はないとはいえ、こちらの睡眠の質はどうしても下がる。眠りが浅くなってすぐ目が覚めてしまう。

以前レイルがそんなふうにぼやいていたのを聞いたことがある。レイルのささやかな望みを尊重し、ジオはレイルの安眠を優先することにした。

仕事に向かう以外では着替えるのも億劫《おっくう》そうにぼんやりとするレイルのために、できるだけレイルが外に出なくて済むようはからった。

「なるほどなるほど。それでわざわざ兄弟殿が起きる時間を見計らって、昼飯買いに出かけてたわけね。この宿にも食堂があるし注文すれば部屋食にしてくれるだろうにねぇ。あれ、それこの辺で評判のパン屋の包装じゃない？　もしかして限定の白身魚フライタルタルサンド？　はぁ～蜜月《みつげつ》ってやつはこれだからさぁ」

呆れ半分、からかい半分といった口調で獣人は言った。

町へ買い物に出ていたジオが宿へ戻ると、待合所で客人が待っていると宿の者に告げられ、見るとそこで手を振っていたのがこの獣人である。

「で、今日は何の用だ？」

獣人は北辺境獣人領の要人の家の子息だ。

魔王討伐で名を上げたことで、彼は精強を誇る北辺境獣人部隊の実質上のトップにおさまることが決まっている。

さぞかし忙しい身の上だろうに、数日前も獣人はふらりとこの町を訪れていた。

「別に用ってほどのことはないんだ。この町は真珠が名産だっていうから、先日ミルバンヌちゃん用に真珠の髪留めを注文したんだけど、それ引き取りに来たついでに寄っただけ」

「ふーん」

「うわ、すごくどうでもよさそう」

「つーか飯が冷めるんだが」

「はいはいごめんね。ところで施設長がレイル殿に会いたがってたよ。子どもたちの成長記録が詳細で、その子に合わせた接し方についてまで考察があって助かってるってさ」

「そうか」

「まぁ君たちは今がいい時期だろうから急《せ》かさないけど。そのうち獣人領にレイル殿を連れて来てほしいな。北は食事もおいしいし、獣人の子どもたちも可愛《かわい》いし、きっと気に入ってくれると思うんだよね」

「ああ、そのうちな」

「あとジオの寄付金にも感謝するって」

「当分チビたちが世話になるんだから、感謝されるようなことでもねぇけどな」

「それを考慮にいれても感謝したくなるような金額だったんだろうねぇ」

じゃあまた来るよ、と愛想よく笑って獣人は去って行った。


ジオが部屋に戻るとレイルはすでに起きていた。

開け放った窓の前に立ち、外の景色《けしき》を眺めている。窓からは海も見えていて、昼の間レイルはベッドでうとうとしているか、窓辺でぼんやりしていることが多い。

扉を閉める音で、レイルはジオの帰宅に気づき振り返る。

「……おかえり」

まだ寝起きなのだろう。レイルの表情は乏しく、声も掠れている。

こめかみにキスを落とし、おかしな寝癖を撫でつけてやりながら、ジオはレイルに笑いかけた。

「ただいま。飯買ってきた。すぐ食うか？　ちょっと冷めちまったかもしんねーけど、まだあったかいぞ」

「んー……食う」

レイルは食いものの好き嫌いがなく、こだわりもない。出されたものを黙って食べ、味についてあれこれ言うこともない。そのため何を食わせたものかとジオはかえって悩むことになった。

腹が満たされてまたも眠たげな様子のレイルを抱き上げ、ベッドに連れ込む。

レイルが夕方仕事に出かけるまでの間、ベッドで自堕落に過ごすのは、ジオにとっても悪くない時間だ。いずれ真っ昼間の情事というものにレイルを引き込んでやろうと目論《もくろ》んでいる。

月明かりに輝くレイルの金の両目が快楽に蕩けていく過程を見守るのは、ジオの最上の楽しみである。

しかし白々とした陽光に何もかもがあらわにされる中、恥じらいながら乱れるレイルもまた格別に違いない。

不埒な想像をしながらレイルの髪を撫でていると、レイルが何事か思いついたように顔を上げた。

「ジオ、俺、今日仕事休みなんだ」

「へぇ、休みとかあんのな」

「ああ、住み込みだと週一で休みがもらえてな、俺はもう通いだけど休みの日は前もって決まってたから、そのままにしてもらった」

これは好機ではないか。

ジオは真っ昼間の情事が早くも叶えられそうな期待に胸を躍らせた。

「お前は今日どっか行く？」

「いや、一日中お前といちゃつく予定だ」

頬《ほお》にキスをしながら、今をもって決定された予定を宣言する。

そのままふしだらなキスになだれ込もうとするジオの頬を包み、レイルは無邪気に言った。

「それはまた今度だ。せっかくだし、海に行ってみようぜ」

珍しく外出を提案するレイルに、ジオは内心では惜しいと思いながらも、同意するより他にない。

＊＊＊

海岸は人もまばらで、散歩するのにはちょうどいい砂浜だった。

翡翠《ひすい》色をした遠浅の海は、沖に向かうにつれて徐々にその青を強めて瑠璃色《るりいろ》となり、陽光を受けてきらきらと光る波はレイルの目を楽しませた。

季節は秋だが、今日は風も穏やかな快晴である。泳ごうとさえしなければ寒いことはない。

潮の香りの中で海鳥が鳴き、寄せ返す波の音がする。

これが海か。

さくさくと白砂を踏みながら、レイルは淡い感動を抱いていた。

本で読んだことはあったし、この町に来てからは遠目に眺めていたが、こんなに間近で見るのは初めてだった。

「海水ってしょっぱいんだよな？」

「ああ、舐めてみるか？」

ジオは半分冗談で言ったようだった。だがレイルは穏やかに寄せてくる波の際にしゃがみ込み、手を浸した。

「すげぇ、かなりしょっぱい」

「だな。最初は驚くよな」

「ほんとな。だてに塩がとれるわけじゃねぇんだな」

レイルが深く頷きつつ言うと、何がおかしかったのか、ジオは笑ってレイルの頬にキスをした。

「おい、あんまり外でチュッチュチュッチュすんなよ……お前は心臓に毛が生えてるんだろうが、俺はやっぱりちょっと……つーかけっこう恥ずかしいからな？」

困るような、くすぐったいような、やっぱり困るような。本当は恥ずかしいばかりでもないけれど、外でジオにキスをされるレイルの胸中はなかなか複雑である。

「なら二人きりになれるとこに行くか」

ジオに手を引かれ、二人で遠くに見える桟橋に向かって歩いた。

遊覧船の個室を取ろうとするジオに対し、それよりボートに乗ろうと提案すると、ジオは困ったような顔になった。遊覧船の個室料よりはボートの貸出し料のほうが圧倒的に安価なため、ジオはレイルが遠慮をしていると思ったらしい。

たしかに、ジオがレイルのために金を使おうとすることに、レイルはいまだ慣れないままだ。貴族用の宿をとったことも、レイルにとっては過度の贅沢と感じられた。

しかしレイルが難色を示すたび、ジオは真剣な面持ちで言うのだった。

『お前が孤児院に残ってチビたちを守る役目をしてくれたから、俺は外で金を稼ぐことができたんだ。違うか？　孤児院を潰さねぇためには管理者が必要で、チビたちを食わせていくためには金が必要だ。俺たちは二人で役割分担しただけだろ。だったら俺が稼いだ金は、俺とお前とチビたちのための金だ。お前のために使って何が悪い？』

『お前は今までゆっくり飯を食う暇もねぇような暮らしをしてきたんだ。そろそろ贅沢の一つもしねぇと割に合わねぇだろ』

そんなジオの言い分を、レイルはいまひとつ納得しかねた。だがジオの労わりを感じ、少し嬉しくも思うのだった。

「でもさ、俺はやっぱボートのほうがいいな」

今回も諭すような態度をとるジオだったが、レイルは譲らないまま言った。

本音では、レイルはボートを漕《こ》いでみたいだけだった。だが我ながら子どもっぽいような気がして、なんとなく素直にそうとは言えなかった。

レイルは海水がしょっぱいことも頭でしか知らなかったし、王都にも行ったことがない。ジオや、たとえば世間で暮らしている普通の人々が経験している多くのことを、きっと自分は知らないのだ。

時々、ふとそういうことに気づき、なんとなく寂しい気持ちになることがあって、けれどレイルは、そんな内心をジオにも誰《だれ》にも話したいとは思わない。そんな感情は一過性であって、早ければ数分後には忘れてしまう。その手の感傷の扱い方については、レイルは慣れたものだった。

ジオはじっとレイルを見つめて、それから言った。

「分かった。ならボートに乗るか」

「おう、じゃあ俺が漕いでやるよ！」

ジオが折れてくれたので、レイルはいそいそとボートに乗り込んだ。

櫂《かい》の扱いには戸惑ったが、どうにかこうにか二人を乗せたボートは海面を滑り出した。

次第にコツも掴めてきて、ぐいぐいと櫂を漕ぎ、沖を目指す。

海岸が遠く感じるほど沖に出た頃、レイルはようやく満足し、ボートを止めた。

海面に手をつけたり、さらに沖へと向かう遊覧船の乗客に手を振り返したりして、心が洗われるような無為な時間を過ごす。

「海ってすげーデカいんだな。キラキラしてるし、想像してたよりずっと綺麗だ。世界は広いって言うけど、ほんと色んな場所があって、色んな人がいるんだろうな」

レイルはしみじみと言った。

孤児院を出るまでのレイルの世界といえば、あの田舎町の中だけだった。

就職先は隣町だったが、常に節約を心がけていたために休日遊び歩くようなこともなく、女性と交際したこともなく、人生経験は乏しい。

それが孤児院を離れ旅に出たことで、思いがけないほどの体験をいくつもすることになった。

三族と話す機会を得たり、ジオの仲間たちに何事かを誓われたり、友達ができたり。

それらの起点にいるのがジオであり、今となってはそのジオに愛を囁かれているのだと思うと、レイルは不思議な心地《ここち》がした。

今でも内心では、ジオが王女さまと結婚しないなんてもったいないとレイルは考えているし、ジオが自分を好きだという理屈だってまるで分らない。

ただ、ジオは昔から独特な感性の持ち主であり、時に他人には理解できないこだわりを見せることも把握している。

だからレイルは、ジオがそう言うんならそうなんだろうなぁと思うだけだった。

ふと見遣ると、ジオの静かながら重みを感じさせる視線とかち合った。

「レイル、お前が行きてぇなら、海の向こうの国にだって連れて行ってやる」

いつもと変わらない涼やかな口調の中に、ほんの少しの真剣さが滲んでいるのを聞き、レイルはつい笑った。

「ジオさぁ、俺だってもうガキじゃねぇんだから、今さら自分の親と感動の再会とか夢見てねぇぞ」

レイルのくすんだ金髪も、金の目も、この国ではさして珍しくもない特徴だ。

だが海を挟んだ異国の一部地域に、その特徴を合わせ持つ人々がいるということも、レイルは知識として知っていた。

そしてジオは、孤児院の前院長であった人物が書斎として使っていた部屋にレイルが出入りしては、幼いながらも小難しそうな本を読み漁《あさ》っていたことを知っている。

レイルがよく手にしていた本は、異国の民族や彼らの風習を取り上げた旅行記が多かった。

その内の一冊に金の髪と瞳を持つ人々について触れている箇所があり、彼らの特徴としてもう一つ、男女ともに背が高いということが記載されていた。

＊＊＊

レイルはかなりの細身だが、この国の平均的な男性に比べると目立って背が高い。

充分に栄養が行き渡っているとは思えない食事量だというのにレイルの背がここまで伸びたのは、遺伝によるところが大きいだろうとジオは考えていた。

孤児院から去ったレイルが、異国船の出入りがあるこの港町を行先に選んだ。その点について、ジオは意味を見出《みいだ》さずにはいられなかった。

口を噤むジオに対し、レイルはこだわりない様子で言った。

「俺も昔は、母親ってどんな人だろって考えたこともあるよ。すげぇいい人だけど何か事情があったんだろうとか、単に身勝手な悪いやつだったのかもとか」

パシャ、とたわむれに海面を掻くレイルの肌の上に、波に照り返された光が揺らめき、その金の瞳を鮮やかにする。

「でも、たぶんだけど、めちゃくちゃ普通の人だったんじゃねぇかな。特別善人でも悪人でもなくて、ただちょっと人生がしんどかっただけの、今も生きてるなら普通のご婦人だ」

穏やかな風が吹き始め、くすんだ金の髪をもてあそぶ。レイルは額に落ちる髪をかき上げて、小さく笑った。

「しんどい思いをしてきた普通のご婦人に、今の俺が言えることって、何もねぇもんな」

ジオはこの時ほど、口下手《くちべた》な自分を恨んだことはない。

「風が出てきたな。そろそろ戻るか。帰りはジオが漕ぐだろ？」

レイルはどこかすっきりした顔をしてジオに櫂を譲った。

ジオは無言のまま物凄い速さでボートを走らせ、桟橋に上がるとレイルを抱き締め何度もキスをした。

レイルは困ったように微笑《ほほえ》んで、しかし抵抗しなかった。

なぜか上機嫌になったレイルが市場を見てみたいというので、港から町へ抜ける通りに向かう。

左右に立ち並ぶ商店や露店を、レイルは物珍しそうに眺めている。

「へぇ、食い物だけじゃなく色々売ってるもんなんだな。それに人がいっぱいだ」

「レイ、スリに気をつけろよ。こういう場所は連中の仕事場だからな」

露店の主人とグルだったり、数人がかりで狙《ねら》ってきたりする場合があるのだとジオは説明した。

「いやに詳しいな。ジオも王都でそういう目に遭ったのか？」

「ああ、でも取り返した」

あまりにジオらしい回答に、レイルは声を上げて笑う。

「そういえば、前に王都に誘ってくれたことあったよな」

「あったな。チビが熱出してキャンセルになったやつ」

ジオは当時を思い出して苦笑した。

「あれはまいった。連勤明けに街におりる王族の警護までして休み取ったのにってな」

その上、直前に地方の大きな湖に生息する大型魔獣の討伐遠征があり、その任務が長引きそうになったのを無理矢理片付けて王都に帰ったというのに、孤児院から「チビ三人発熱ごめん今日ムリ」という緊急連絡用術式紙が届いた時は思わず脱力したものだ。

ジオはそれについては語らなかったが、レイルは申し訳なさそうに眉を下げた。

「そうだったのか。なんか悪かったな」

「お前が謝ることじゃねぇけど、警護ついでにお前を連れて行きたい店の目星つけてたんだ。そのうち王都にも行ってみるか？」

「ああ、いいな。ジオの騎士姿も見てみたいし」

何の気なしに言ったレイルだったが、ジオは途端にご機嫌となった。

レイルが騎士としてのジオに興味を示すのはこれが初めてだった。

二人は上機嫌のまま屋台で海鮮の串焼《くしや》きを頬張《ほおば》り、レイルは地酒も試したりして、ほろ酔いのいい気分で宿に帰った。

久しぶりに酒を楽しんだレイルは少々物足りなさを覚え、部屋に備え付けの保冷庫を開ける。

「ジオ、この酒飲んでいいか？」

その声を聞いた時、ジオは風呂の用意をしていて、レイルの手にした瓶を確認しなかった。

酒なんかあったっけな、と思いつつも、貴族用の宿では部屋に酒が常備されていることもあるため気にしなかった。

のちにジオは、その失態を大いに後悔することになる。


どうもおかしい。

ジオは眉を顰めた。

レイルが手洗い所に行ってからもうしばらく経《た》つ。なのに出てくる気配がない。

レイルは酒を好むが頻繁に飲みはしないし、量も控えめだ。先ほども大した量を飲んでいたわけではないのに、久しぶりの飲酒で酔いが回ってしまったのだろうか。

ジオは手洗い所のドア越しに声をかけた。

「レイ、大丈夫か？　入っていいか？」

返事はない。だが中で衣擦《きぬず》れのような気配がした。

耳をそばだてていると、小さな啜《すす》り泣きのような声が聞こえる。ジオはすぐさまドアを開けた。

そこには見るからに火照った顔をして、壁にもたれるレイルがいた。

座り込んで下穿《したば》きを寛げ、自らのものを握り込む手がくちくちと音をたてている。狭い個室内には独特の青臭い匂《にお》いが立ち込め、そのあまりに煽情《せんじょう》的な光景にめまいがしそうだ。

ジオは思わずまじまじと見入った。

夢中でそれをしごいていたレイルは、とろりとした目をジオに向けると、くしゃ、と顔を歪《ゆが》めた。

「……じおっ」

「レイル、一体どうした⁉」

ジオは訳が分からないながらも慌ててレイルを抱き上げ、ベッドに運ぶ。

「お、おれ、なんか変だ……やべぇかんじする……からだあっちぃ……」

縋るようにジオに抱き着き、潤んだ目と呂律《ろれつ》のあやしくなった口で、レイルは自分の状態を訴えた。

通常であれば性的なレイルに迫られる展開は大歓迎のジオだったが、今のレイルは明らかに異常である。

ふと周囲を見渡し、テーブルの上にある小瓶に目を留めた。

それが治癒魔法士の置き土産《みやげ》であるラブポーションの容器だと気づき、ジオは己の迂闊《うかつ》さに舌打ちをする。下心と好奇心から、いずれ使う機会もあるかもしれないと処分せずにとっておいたことを後悔した。

だが、それにしてもレイルのこの乱れ方はおかしい。

治癒魔法士によるとこのラブポーションはカップル専用で、だとすれば効き目はさほど強くはないはずだ。二人分の量を飲んでしまったとしても、ここまで強く作用するものだろうか。

ぐずぐずと洟《はな》をすするレイルを宥め、ジオは小瓶を検《あらた》めるために立った。

ジオが小瓶を手に取り、ラベルを読むとそこには小さく売り文句が記されていた。

【二人の夜に新たなときめきを♡　今だけ大容量たっぷり三回分】

ジオの手の中でミシッと音が鳴る。小瓶はジオのやり場のない憤りの犠牲となった。

素早くベッドに戻ると、レイルはシーツの上でくたりと背を丸め、いまだ半泣きでそこをいじっている。レイルの手や服を汚す精液の量から察するに、すでに数回は達しているだろう。

熱を吐き出したくて仕方がないのに、出るものがなくて苦しいのかもしれない。

頭ではそんな分析をしながら、ジオの目はレイルの朱がさして匂い立つように色めく肌と、快感に悶《もだ》える表情に釘付《くぎづ》けとなった。

「じお、ちんこいたいぃ……っ」

身も世もなく乱れて子どもがぐずるかのようになったレイルの声で、つい劣情に引きずられていた意識を引き戻される。

痛いと言いつつ自分では止められないのか、無闇にそこをしごきたてようとするレイルの手を押さえた。

「レイ、擦ったらだめだ。赤くなっちまってる」

レイルのそれは初々しく淡い色をしているというのに、激しい摩擦で赤味を帯びてしまっていた。

「でも、くるし……腹のおく、あつくてぞわぞわする……なんか、さっき急にこうなって、」

たどたどしい口調で説明するのを痛ましく思いながら、ジオは安心させるようにレイルの頬《ほお》を包む。

「レイル、すまん。お前が飲んだのは酒じゃなくて媚薬《びやく》だ」

「……おれどうなるんだ？」

媚薬の意味が理解できたのかどうか、レイルは不安げな声を出した。

「大丈夫だ。安心しろ。俺がなんとかしてやる」

身を屈《かが》めてレイルのそれを口に含もうとすると、レイルはひどく驚いた様子で身を捩った。

「うあっ、ジオ！　やめ……っ」

必死で足を閉じようとしているが、その力は弱い。ジオはレイルの抵抗をやすやすと押さえ込み、服を脱がせて足を大きく開かせた。

「手で擦ると痛《い》てぇだろ？　頼むから大人しくしてろ。このままだとずっとおさまらねぇぞ」

ねろりとした舌がレイルの哀れな屹立《きつりつ》を舐め上げ、熱い口内へと導いた。

＊＊＊

じゅぱじゅぱ、唾液をまとわせながら深く咥《くわ》えこまれ、かと思えば吸い上げられる。敏感なそこをぬめぬめとした柔らかい肉に包まれるのは、それだけで恐ろしいほどの快感だった。だというのに、ジオの舌がまるで別個の生き物のような思いがけない動きで絡みついてくる。

擦過傷になってしまったのか、亀頭がぴりぴりと痛むのに、その刺激にすら快感を煽《あお》られて、なにもかもがどうしようもなく気持ちいい。

レイルは抵抗も忘れてジオの口淫に翻弄された。

「ぁッ、も、むり、はなして……っ」

弱々しい手がジオの頭に触れる。

跳ねる腰を押さえつけ、ジオはいっそう深くレイルのものを咥え、舌を絡ませた。

「ああぁっ――――」

狂おしく放熱を目指してせり上がる欲望の勢いに身体が震え、視界に火花が散るような刹那《せつな》の絶頂が訪れる。

「あっ、ぅあ……っ」

レイルが精を放っても、ジオは依然として甘やかすようにそこを咥えたままだった。

丹念に蜜口《みつくち》を吸い上げ、再び舌が裏筋を這う。

「じぉぉ……も、でない……もうやだ、あつい」

終わりの見えない快楽と、絶え間なく与えられる刺激に、レイルはいやいやと首を振って逃れようとする。

だがレイルのそれはいまだ萎《な》えきってはいない。

とはいえ、ジオの口内に吐き出された精液の量は極端に少なく、もう出るものがないというのはその通りだろうと思われた。

「まだ媚薬が抜けきってねぇんだ。レイ、嫌かもしんねぇけど、ちょっと我慢しろよ」

ジオは素早く香油を用意し、レイルの秘所へと塗り込める。

「ひっ」

ぬぷ、とジオのごつごつした指が奇妙なぬめりとともに内部に潜り込んでくる。

その異物感にレイルは怯えた。

「うあ、あ、そこ、だめだ……こ、こうもんせいこうはえいせいめんでのけねんが――」

「大丈夫だ。俺は毎年予備衛生術官としての講習を受けてる。人体干渉魔法の腸内洗浄処置術も習得済みだ」

やけに揺るぎない口調である。

冷静さを失っているレイルには、ジオが何を言ったのかほとんど理解できなかった。

だがどうやらやめる気はなさそうだということは分かる。

不浄な場所を暴かれている現状に、レイルは強い拒否感を覚え、錯乱を深めた。

「うぐ……っ、ぅ……あ、あっ」

ぬくぬくと腸壁を撫でられる。

耐えがたい違和感の中に時折痺れるような性感が走り、その両極端な感覚の混淆《こんこう》によって己の腹の中がめちゃくちゃになる気がして怖かった。

こういう時こそいつものようにジオの重みを感じたいのに、ジオは一心にレイルの内部をまさぐっていて、レイルの目を見ようともしない。

普段ベッドの上ではこちらが困り果てるほど目を逸《そ》らそうとしないジオが、今日に限ってそうしてくれないことを、レイルはひどい仕打ちのように思った。

「じお……っ」

ジオの服を手繰り寄せて袖《そで》を引くと、ジオははっとしたようにレイルを見下ろした。

涙と汗でぐちゃぐちゃになったレイルの顔をシャツの袖で拭い、熱をもった頭部に風を送るように髪を梳《す》いて、その綺麗な顔を寄せてくる。

「ああ、レイ、泣くなよ。ほら、怖くねぇから」

低く涼やかな声音が甘く囁き、唇が目尻に滲む涙を吸い、レイルの唇に触れる。

その間もレイルの中に潜ませた指が出て行くことはなかったが、ジオの意識がようやく自分に向いた気がして、レイルはやっと思うように呼吸ができたと感じた。

「ん……んぅ、ぁ、……は、ぁ」

優しい口づけを受けるまま中を擦られていると、次第に緊張が解けて違和感が薄れる。

じくじくと腹の内側が疼《うず》き、ジオの指の慎重さがもどかしく感じられた。

「まだ嫌な感じするか？」

気遣わしげな声に、レイルはゆるく首を振った。先ほどからジオが控えめに撫でている場所は、じりじりと熱を孕《はら》んでなにかを期待している。

「……そこ、びりびりする」

「ここか？」

「ひぁっ！」

ぐっ、とジオの指が狂いなくその一点を押し上げ、レイルは脳に直結するような性感に悲鳴を上げた。

明らかに今までとは違う反応を見せたレイルに、ジオは更に指を増やして撫で擦《さす》る。

「あっ、あっ、そこ、そこだめ……っんぅ」

慣れない内側からの強烈な快感に戸惑うレイルを口づけで宥め、虐《いじ》めすぎない程度にそこを責め立てた。

いずれレイルの嬌声は甘さを帯びて高くなり、瞳は蜂蜜《はちみつ》のようにとろりと溶ける。

舌を吸い上げながら強めにそこを揉みこむと、腸壁が媚肉と呼ぶに相応《ふさわ》しくうねってジオの指に絡みついてくる。

キュンキュンと縁が忙《せわ》しなくひくついて、レイルの到達が近いことを知らせた。

「————ッ‼」

高みに昇りつめるその悲鳴は、ジオの体内に飲み込まれた。

＊＊＊

骨を抜かれたように放心するレイルの髪を掻き撫《な》ぜて、刺激しすぎないよう啄《ついば》むだけのキスをする。

吐精を伴わない絶頂を見せたレイルに、ジオもまた深い充足感を覚えた。

あと何回ほど極めれば充分に薬が抜けるだろうか。

レイルは明日は仕事だ。早く寝かせてやらなくてはとジオが算段していると、太腿にレイルの手が伸びてくる。

喉《のど》が渇いていないかと訊こうとするジオに、レイルは意外なことを言った。

「ジオの、も、勃《た》ってる……」

いまだ熱を残して濡れた金の目が、誘うように見上げてくる。鳴きすぎて掠れた声があどけなく言葉をかたちづくるのは、ぞっとするほど色めいて聞こえた。

今だけはそんなことを言ってくれるな。

ジオは心からそう思った。

この状況下でのその言葉がどんな意味を持つのか、レイルは分かっていないだろう。

レイルの身体の中の奥深くまで迎え入れられ、一つに繋がることを望まなかった日などない。

だが媚薬の効果で正気とはいえないレイルを相手に、本懐を遂げるつもりもない。

レイルにとって、これは災難とも呼べる事態だ。つけこんでしまえと喚《わめ》きたてる獰猛《どうもう》な本能を、こちらは何とかやり過ごそうとしているというのに。

「俺のことは気にすんな。お前、明日は仕事だろ。俺の相手までしてたら身が持たねぇぞ」

数日後に給料日を控え、その日をもって宿を辞める予定のレイルは、ここ数日というもの仕事中の出来事をぽつぽつと話すようになった。

それを聞いていて、少女や職場の仲間たちと会えなくなるのが寂しいんだろうとジオは思った。だが同時に獣人領に預けた子どもたちのことも聞きたがるようになり、レイルから彼らに会いに行きたいと言い出す日も近いような気もしている。

この先の身の振り方について、レイルがどうするつもりなのかはジオには分からない。きっとレイル自身まだ分かっていないのだろう。

もしもレイルが決めかねるなら、とりあえず王都に行くのはどうかと提案してみるつもりだ。

レイルがどんな選択をするにしろ、ジオはレイルの側にいようと決めている。

そして今のところは、辞めるまでの貴重な数日間の、その一日でも体調不良で休むことになるのは避けてやりたいと考えている。

もちろん、起きてからも調子が悪そうであれば休むようにすすめるが、レイルはきっと多少無理をしてでも出勤しようとするだろう。

「まだ少し薬が残ってるな。もうちょっと頑張れるか？」

レイルのものは半勃ちより劣るという具合だったが、半端にするよりは薬を抜き切ったほうが明日は楽だろうと判断し、ジオは続きを促した。

レイルはぼんやりした目で小さく頷き、いつものようにジオのされるがままとなる。

自らの欲望には無視を決め込み、ジオはレイルの安楽を目指してひたすらの快感を与えることに専念する。

その奉仕は、精根尽き果てたレイルが気を失うように眠りにつくまで続けられた。

地獄のような甘い夜だった。

＊＊＊

「じゃあ行ってくるな」

「ああ、楽しんでこいよ。俺は今日は王都で人に会ってくるけど、夕方には戻るつもりだ。晩飯は一緒に食おうぜ」

「分かった」

レイルが頷くと、ジオは微笑《ほほえ》んで顔を寄せてくる。レイルはわずかに身を強張らせた。しまった。

レイルは内心で己を罵《ののし》った。だがジオは特に気にする様子もなく、レイルの額に軽くキスをして、外出するレイルを見送った。

悶々とした思いを抱えながら、レイルは宿をあとにして町へ出る。

昨日《きのう》の給料日を最後に、レイルは下働きの仕事を辞めた。今日は下働き仲間数人と町で買い物をする約束をしている。

レイルにとって、友人と買い物に出かけるのは初めての経験だ。懐には自分で稼いだ給金もあり、何を買おうかと楽しみにしていた。

それなのにいまいち心が晴れないのは、ジオとのことが原因である。

数日前、レイルが誤って媚薬を飲んだその日から、レイルとジオの関係はぎくしゃくしたものになっていた。

厳密にいえば勝手にぎくしゃくしているのはレイルだけであり、ジオはいつもと変わらない。

だがレイルの変化にジオは気づいていて、いつも以上に気を遣われているのが伝わってくる。

レイルはこの現状をどうしたものかと悩んだ。

ジオと肌を重ねるようになっても、レイルの思考上に肛門《こうもん》性交という選択肢は存在しなかった。

孤児院では清潔を重んじた生活習慣を心がけている。

薬を買うのも医者にかかるのも金がかかる。清潔を保つことで病気を防ぎ、思わぬ出費を極力減らそうという算段である。

そんなレイルからすると、何もわざわざ不衛生極まりないそこを使わなくても、という意識が強い。

『愛のかたちは様々です。誰《だれ》と愛し合うかによって、愛を交わす方法も工夫が必要になるでしょう。ひとつのやり方にこだわることはありません。お互いにとって負担のない、自分たちにぴったりの方法を探してみましょう』

思春期の子たちのために購入した性教育の本の文面にのっとれば、肛門性交はお互いにとって負担が大きく、自分たちにぴったりの方法とはとても思えない。

ジオとそういう関係になった最初の夜、ジオの股間《こかん》の威風堂々たる様相に、さすが勇者にまでなる男は持っている物が違う、とレイルは男としての敗北を認めた。

豊満で包容力に満ちた女性の肉体ならばいざ知らず、自分の貧相な尻がこれを受け入れるのは物理的に無理がある。

そういう判断でレイルの尻に興味を示すジオに待ったをかけると、ジオはこだわりなく速やかに他の方法に移行した。

レイルはほっとしたものである。

もしジオが挿入を伴う性交を強く望んだ場合、自分がジオに挿入することを申し出るつもりだった。

レイルのものはジオのそれとは違って凶器的な形状と体積を誇っていないし、妥協案としてはそれが最適だろうと考えたのだ。

だがその考えはジオの手によって見事にひっくり返された。

媚薬の作用で発情したレイルの身体を、ジオはあの手この手で鎮め、狂おしいほどの熱を丹念に取り払った。

節くれだった長い指に腸内の奥の奥までまさぐられ、果ては舌までねじ込まれ、とろとろと身体の芯まで蕩けるような愛撫の限りを尽くされて、レイルは自分のそこがジオの指を三本も受け入れることができるのだと知ってしまった。

そればかりか、そうすることで筆舌に尽くしがたい快感がもたらされるということまで。

意識は半ば朦朧《もうろう》としていたが、取り乱す自分をジオが頼もしく慰めてくれたことはよく覚えている。

逆の立場なら、きっとあんなふうに余裕をもってジオを満足させてやることなどできないだろう。何度目かも分からぬ絶頂とともに意識を飛ばしたレイルを、ジオはいつも通り風呂に入れて寝かせてくれていた。

それが挿入する側に求められる条件だとしたら、やはり自分では力不足だ。レイルはジオをベッドから移動させることすらできない。

目が覚めた時、「体調は悪くないか？」と訊ねたら、ジオは「それはこっちのセリフだぞ」と苦笑した。

あんなところを舐め回したのだからジオの消化器系が心配だと主張すると、ジオは騎士団において軽度人体干渉魔法の使用許可が下りる程度には医療衛生関連の魔術を習得しており、よって性行為上の衛生面の懸念についてはそれらの魔術によって対応可能であるためすべて解決済みであると言った。

小難しい説明をされてもレイルには分からなかったが、人体衛生魔術に関するジオの熱意は感じ取れた。

だとすると、ジオと身体を繋げることにはもうなんの問題も残っていない。

だがレイルはその胸の内に新たな問題を抱えている。

あの夜のことを思い出すと、ジオがまたこの身に触れてくれればいいと思う。抱き締められると幸せな気分になる。

なのにそれを味わい続けてはいけないような気がして、レイルはジオとの接触を避けていた。

そんなレイルを気遣って、ジオは必要以上にレイルに触れようとしなくなった。

挨拶程度のキスや髪を撫でたりすることはあるが、夜にレイルを抱き締めて眠ることもやめ、当然肌を重ねることもない。

それがありがたいような寂しいような、レイルの心中は複雑だった。

かつて味わったことのない快感に晒され、全身がふにゃふにゃとパン生地みたように柔らかくなったと錯覚を起こしたあの時。

今ならジオを受け入れることだってできるだろうと感覚的に思った。

下穿きの中のジオのそれが窮屈そうに張りつめているのは明らかで、当然ジオもこのまま男女の交わりのように一つになることを望んでいるのだと、レイルは疑いもしなかった。

——それなのに。

ジオの優しさは、思考が極端に単純化されていたレイルにとって拒絶と感じられた。

ジオの言動がそういう意図でないことは、正気になった今では当然分かっているのに、その時胸を刺した鮮烈な悲しみを忘れることができないでいる。

求めたとしても、拒絶されることがある。

そんな当たり前のことをなぜかジオには当て嵌めてこなかった自分に気づき、レイルはひっそりとした恐れを抱いた。

その恐れを消化することができないまま胸に巣食わせた結果、レイルはジオとの距離感を見失っていた。


「レイル、何かいいのあった？」

下働き仲間に声をかけられ、レイルははっと顔を上げた。

せっかくみんなと町に来ているのに、気を抜くとついジオのことばかり考えてしまう。

「いや、なかなか決められなくて……贈り物って難しいんだな」

「レイルがあげるんなら、勇者さんなんでも喜んでくれそうだけどな」

今日はウルカと買い物に行くだけの予定だった。そこにレイルの送別会といって人数が増え、町で昼食をとろうということになった。

皆で食事をして一通り歓談し、その後は通りに並ぶ雑貨屋や古書店などを覗きながらブラブラとしている。

ウルカとはシャツを買いに古着屋に行くつもりだったが、今のレイルにはジオが用意した服が何着もある。

そこでレイルは、稼いだ給金でジオに何か贈り物をしようと考え、その選定に頭を悩ませていた。

レイルの働いていた期間は短く、給金も大した額ではないから値が張るものは買えない。

それにジオがどんなものを好むのか、レイルはあまり考えたことがなかった。

ジオは服も必要なだけ持っているだろうし、酒は飲まないし、菓子もすすんでは食わない。しいて言えば肉を好んで食べているが、まさかかたまり肉を贈るわけにもいかないだろう。

ジオは宿に何冊も本を持ち込んでいて、レイルが寝ている間はそれを読んで過ごしているらしい。そのほとんどが魔法や地政学の専門書である。古書店でもレイルはジオが興味を持ちそうな本を選ぶことができなかった。

今までジオからは色々もらってきたのに、何だか悪いな、とレイルは少々情けなくなった。

結局その日レイルが買ったのは、レースのリボンだけだった。

劇場に行く時に髪につけてはどうかと、宿の少女にあてたものである。仲間たちの意見を参考に、彼女が好みそうなものを選んだ。

仲間たちとともに宿へおもむき、少女にリボンを渡してから帰ろうというその道すがら、仲間の一人が「あれー？」と高い声を上げた。

「あれ、勇者さんじゃねぇ？」

「ほんとだ。うわ、すんごい美人連れてる」

「マジだわ。レイルも知ってる人？」

レイルは仲間たちの声が耳に入らなかった。

通りの向こうにジオがいた。

豊かな赤い髪の、美しい女性とともに歩いている。

二人はいかにも親しげな様子で、恋人たちのようだとレイルは思った。お似合いだ、とも思った。

ジオが女性に何事か言い、女性はそれに鷹揚に頷く。そして片手を差し伸べ、ジオはその手の甲にキスを落とす。

まるで舞台の劇を観ているようで、目が離せない。

少女との観劇中、勇者が王女の手にキスをする場面であんなに感動したというのに。ジオの恋を心から応援したというのに。

今は、まったく真逆の気分だった。


なぜ女性と連れだっているのか。

なぜそんな笑顔をその人に向けるのか。

なぜ手にキスなどするのか。

なぜ、なぜ、なぜ、――ジオはもう、この身を抱いて眠ってもくれないのに。

まったく筋の通らぬ身勝手な思考がぶわぶわと頭の中で増殖し、占拠する。冷静にならなければと思うのに、うまく呼吸ができず、息苦しい。

レイルの視線が伝わったのか、ジオがこちらに気づき、目が合った。

「あ、勇者さんこっち来る」

「ちょ、レイル!?」

下働き仲間が驚いた声を上げる。レイルは反射的に駆け出していた。

心臓がぎゅうぎゅうと絞られるように痛んだが、必死で走った。今だけはジオと向き合いたくはなかった。

もし今、あのうっとりするような笑顔以外の表情を向けられたら。もし今、あのただただ甘い声音以外のものを聞かされたなら。この心臓がバラバラに崩れ落ちてしまいそうだ。

レイルははじめてジオを怖いと感じた。

ジオは今では、誰《だれ》よりもレイルを傷つけることができる人間だった。走って、走って、とにかくどこかへ逃げなくては。

「レイル！」

背後にジオの声を聞き、それでもレイルは止まらなかった。

冷静じゃない今は何も話したくはない。自分が何を言ってしまうか分からなかった。

「おい！　一体どうしたんだよ!?」

昔から逃げ足には自信があるというのに、まったくジオを振り切ることができない。さすが勇者だ、とレイルは妙なところでジオの身体能力を評価した。とはいえ追いつかれるわけにはいかない。しかし肺は悲鳴を上げていて、足は今にももつれそうだった。

「レイ、待てって!!」

ジオの気配がすぐ背後に迫り、レイルは無意識に胸もとで跳ねるペンダントを握り込む。

瞬間、目を焼くほどの白々とした閃光《せんこう》がレイルの身を包み、たちまちのうちにレイルの姿を掻き消した。

その場には、何事が起きたのかと騒然とする通行人と、レイルの消えたその空間を呆然と見つめるジオが残された。

王宮内の円卓の間は一時騒然となった。

建国時代より国の要人たちに囲まれてきた歴史ある円卓のその上に、突如として正体不明の若者が現れたためである。

「何者だ!!」

「魔物の襲撃か!?　近衛《このえ》を集めろ！」

「結界はどうした!?　破られたのか!?」

「殿下、避難を！」

レイルは唖然として立ち尽くした。

つい先ほどまでジオと追いかけっこまがいのことをしていたのに、突然物凄い光に身をまかれ、気づけば見たこともないような豪奢な部屋の大きな卓の上にいた。

その上どうやら魔物と間違えられている。円卓を囲むのは貫禄《かんろく》ある貴族のお偉方と思《おぼ》しき面々で、このままではレイルは問答無用で始末されてしまいそうだった。

「皆、鎮まれ」

深みのある穏やかな声が一言発したかと思うと、不思議なことにその場は速やかに治まった。

その声の持ち主の顔には見覚えがあり、レイルはここがどこだか思い至った。

「彼は私の客人だ。結界は大事ない。彼には守護の誓約を与えている。よって侵入者にはあたらない」

王太子はレイルに視線を留めたまま、その場の皆に聞かせるように言った。

周囲は再びざわつき、それぞれが何事か囁き合っている。

「殿下が誓約を……？　それは珍しいですな」

「ああ、彼はなかなかおもしろい人物でね」

「一体何者なのですか？」

「さて、そのうち分かるだろう」

王太子は席を立ち、微笑《ほほえ》みながらレイルに手を差し伸べる。

「レイル、いいところに来たな。ちょうど会議が終わったところだ。さぁ、こちらへおいで」

思いもよらない状況に戸惑うばかりのレイルは、王太子に言われるがままにその手を取り、円卓の間を後にした。

王太子はレイルを別室に通し、香りのよい茶をすすめて、しばらくその茶葉の原産国である遠い異国について語った。

レイルは茶を飲みながら、彼の話にただ相槌《あいづち》を打った。王太子の話はあまり頭に入らなかった。だが茶の香りをかいでいるうちに、混乱していた思考も次第に落ち着いてくる。

「それで、ジオとは何があった？」

「え？」

異国の話の途中にいきなり切り出され、レイルはすぐには何を訊かれたか分からなかった。

「言っただろう。君がジオから逃れたくなったら助けると。君が今ここにいるというのは、そういうことではないか？」

「……はい、そうですね」

確かにジオから逃れようとして必死に走った。だがまさか、王宮に逃げ込むことになるとは思わなかった。

「どうやらジオは初恋を実らせたようだと聞いていたが、さっそく痴話喧嘩でもしたのか？」

「そういうわけではなく……その、どうやらちょっと嫉妬《しっと》したみたいで」

レイルが白状すると、王太子はさもありなんとばかりに深く頷いた。

「なるほど。ジオは君に関しては少々度が過ぎるようだからな。さぞかし嫉妬も激しいことだろう」

「いえ、俺です」

「うん？」

「俺が嫉妬したんです。ジオが女の人と歩いてて……赤い髪の、すごく綺麗な人で」

「……ほう、赤い髪の」

ジオが彼女の手にキスをした光景を思い出し、レイルは眉を垂れた。やはりまだ胸が痛む。

「孤児院では長いこと子どもの相手をしてきましたし、子どもって感情的に接するのよくないんで、俺、気持ちを立て直すのはうまくやれるようになった気でいたんですけど、今回は全然ダメで……少し一人になって、落ち着きたかったというか」

「そうであったか。しかし今はだいぶ落ち着いたようだ」

「はい、おかげさまで」

予想外の展開に意識を持っていかれてしまったということもあり、レイルは徐々に冷静さを取り戻した。

王都で洗練された振る舞いを仕込まれた騎士であるジオが、淑女の手の甲にキスをするのは実際大騒ぎするようなことではない。それなのにあんなに取り乱した自分が恥ずかしくなってくる。ジオにも下働き仲間たちにも、心配をかけていることだろう。

レイルが物思いに沈んでいるそのかたわらで、王太子は侍従の耳打ちを聞かされていた。

「殿下、勇者殿がお越しだそうです。なんでも火急の事態であるとか」

「客人との話がまだ終わっていないのだ。今しばらく待つように伝えろ」

侍従に指示を出し、レイルにゆったりと微笑みかけた。

「レイル、まだ少々顔色が優れないようだな。どうせだからゆっくりしていくといい。ちょうど茶に付き合ってくれる友人が欲しいと思っていたところだ」

王太子はレイルの茶を淹《い》れ替えさせ、今度は王都でのジオについて語った。レイルは興味深く聞き入り、時折質問を交えながら、ついには笑いを零《こぼ》す余裕も出てきた。

そんなレイルを見て、王太子は思い出したように言った。

「それにしてもジオは今ごろ血眼《ちまなこ》になっているだろうな」

そう言われると、レイルは途端に落ち着かなくなった。

「……俺、そろそろ帰ります」

レイルが席を立ちかけた時、侍従が足早にやってきて王太子に耳打ちをする。

「殿下、勇者殿の威圧感たるや凄《すさ》まじく、皆が怯えているそうですが……」

「ああ、レイルの気分もほぐれたようだし頃合いだな。ではジオをこちらへ」

扉が開かれると、ジオが素早く踏み入ってくる。

「レイル！」

「ジオ……」

レイルの姿を捉《とら》え、ジオは駆けるような勢いでレイルをその腕に抱いた。

こんなにぎゅっと抱き締められたのは久しぶりのような気がして、レイルは胸に湧《わ》き上がる喜びとともに、その力強さを味わった。

「いきなり消えるからすげぇ驚いたんだぞ」

「ごめん、俺もそんなつもりじゃなかったんだが……」

「お前が無事ならそれでいい。けどもし嫌がっても俺はお前を連れて帰るからな」

真剣な顔でそんなことを言うジオを、レイルは無性に愛《いと》しく思った。

「嫌なわけないだろ」

レイルがぎゅっと抱き返すと、ジオは眩しいような笑みを見せた。

「まるで人質でも取られたような勢いじゃないか。私たちはただお茶をしていただけなのだがね」

「……俺の兄弟が世話になったようだな」

いかにも楽しそうな王太子に対し、ジオは皮肉っぽく言った。

「なに、礼には及ばん。お前も私の婚約者を連れ出してくれたようだしな」

「あっちが連れてけって言い出したんだぜ？　俺に拒否権ねぇだろ」

「まぁそれもそうだ」

レイルが二人の視線の先を追うと、そこには先ほど見た赤い髪の美女が立っていた。

「我が婚約者殿、我々を振り回すのは少し控えてもらいたい」

「申し訳ありません、王太子殿下。しかしわたしは正式な婚約者ではないので、その呼び方はやめてください」

「今日は一緒にお茶の時間を過ごそうと約束していただろう」

「はぁすみません。予算がいただけないので気がくさくさして、気晴らしに外出したくなったんです」

「予算の話は先日カタがついたはずだ」

「ついてないっす。予算ください」

「今年度の予算はこれ以上は出せん」

「そんなつれないこと言わないでよ～せっかく新しい実験場に最適の土地が見つかったんだよ？　お金ないと買えないよ！」

「ふむ。それでは君の家に相談してみるというのはどうかな？　大貴族の侯爵家だ。支援金をたんまり出すと言ってくれるかもしれない」

「あ、うそうそ、今回は我慢する。これ以上お父さまにお金の無心すると勘当されちゃうから黙っててください お願いします」

美しい二人が貴人特有の微笑みを浮かべたまま会話し出したと思えば、赤髪の女性はすぐに口調も態度もくだけさせた。

その淑女らしい見た目とは裏腹の気取らない口ぶりに、レイルは驚いてジオを見上げた。

「ジオ、あの女の人、王太子さまの婚約者さんなのか？」

「ああ。とてもそうは見えないだろうが、そうだ」

見えない。いや、口を閉じていれば見えるのだが。

レイルはなんと言っていいか分からず沈黙した。

「あの人、王宮の魔法技術部所属の魔術師なんだ。そのペンダントの製作もしてくれたんだぜ。術式構築学界隈《かいわい》の一部じゃ天才って言われてる。変人とも言われてるけどな」

「へぇ、そうなのか。すごい人なんだな」

「まぁな。俺も昔から何かと世話になってるんだ。今日はその石に組み込んである魔術のメンテナンスしてくれるっていうから、ついでにお前に紹介しようと思って……もしかして誤解させたか？」

「……ちょっと、誤解した」

ジオに顔を覗き込まれ、レイルはきまり悪く思いながらも、正直に言った。

「悪かった。けどあれはお遊びみたいなもんで……ああやって俺をからかうのが好きなんだよ。俺は正直あの人を女だと思ってねぇし、だから――」

両手でレイルの頬《ほお》を包んで、ジオは言い募った。

「いいって、俺が過剰反応しただけだしな」

自分のためにジオが頑張って言い訳をしてくれるだけで、こんなに嬉しくなるのか。レイルは不思議な気分だった。

その後、王太子から改めて婚約者の女性を紹介された。

レイルに対しても、彼女の態度は気さくそのものだった。

「心配かけてごめんね、レイル殿。いやージオってさ、塩対応で有名な騎士なのよ。相手が大貴族の夫人でも社交界いちの美女でも、絶対手の甲にキスしないで有名。相手がキスさせて差し上げますよって感じで来ても、儀礼的にキスのふりだけするんだよ。そのふりがまた下手《へた》なのなんのって。

もう完全にネタ化しててさ、ついつい貴婦人と騎士ごっこして遊んじゃうんだよね。今後そのネタは封印するから許してね」

「いえ、別に封印までしなくても」

「レイル、俺のために封印を支持してくれ。頼む」

ジオが真剣な口調で言うので、レイルは思わず笑ってしまった。

何だかんだと言っても、二人は気が合うのだろう。レイルのペンダントをメンテナンスする間も、彼女とジオは何やら専門的な話題で盛り上がっている。

レイルと王太子は再びお茶を飲みつつ、彼らの作業が終わるのを待つ。その際の会話の中で、彼らは魔法オタク仲間でしかもガチ勢だと王太子が説明し、それは気が合うことだろうとレイルは納得した。

ジオは王都でけっこう楽しくやっていたんだな。そう思い、レイルは安堵《あんど》した。劇場で観た勇者の芝居で、王都では勇者が辛い目に遭う描写が多かったため、内心心配していたのだ。

メンテナンスを終えた後は、自然と四人でお茶をしながらの歓談の時間になった。

「つーかわたし、たぶんレイル殿より年上の年増女だし、そうじゃなくてもジオが浮気とか絶対あり得んからね。その石とかマジで執念の塊だから。ほんとジオが持ってきた術式構築図案見せてあげたいよ。どんだけ惚れてんだよって感想しかない」

「そ、そうですか」

魔力を持たないレイルには、このペンダントに込められたジオの思いが分からない。それはなんだか惜しいことのような気がした。

「余計なことは言わないでいい」

「なによぉホントのことでしょうが」

「あんたの話は大袈裟すぎるんだ。信用がないから予算が一括じゃなくてその都度しかもらえないんだろ」

「違うよ、それは殿下がケチだからだよ」

「私がケチかどうかはこれからじっくり検証しよう。今日は泊まっていくということでいいか？」

「あ、けっこうです。帰ります。レイル殿、ジオ、またメンテ必要になったら来てね」

さっと立ち上がってあっという間に退出していく彼女の後ろ姿を、王太子は愉快そうに見送った。

「俺たちも帰るか」

「ん、帰ろう」

差し出されたジオの手を取り、二人きりの宿へと帰る。

その後のことを思って、レイルの胸は甘く痛んだ。


宿に帰ってすぐに二人はベッドにもつれ込んだ。

ジオに深く口づけられるのはなんて気持ちいいのだろう。レイルは拙いながらも自ら舌を絡め、ジオから伝わるその想《おも》いに応《こた》えようとする。

言葉すら捨てて心を繋ぎ、肉体のまじわりを求める行為は、喜びに満《み》ち溢《あふ》れながらも切なる胸の痛みを伴った。

知らぬ間にジオに預けてしまった心の一部は、すでにレイルの管轄下にはない。ジオの言動によって容易に舞い上がったり傷ついたりする、ひどく危ういものになってしまったのだと、レイルは経験とともに思い知った。

それはなんて怖いことかと今でも怖気《おじけ》づきそうになる。

けれどジオを愛し、愛されるこの歓喜と引き換えにはできないということも、レイルはもう知っていた。

腹を撫でる手に笑い声を上げ、たわむれのキスを繰り返し、二人はこの瞬間を慈しむように互いの身体《からだ》に触れていく。

＊＊＊

ジオの身体に残った大小の負傷の痕《あと》を指で辿り、口づけるレイルを、ジオは愛おしい思いで見つめた。

レイルは素肌を重ねるだけでうっとりと熱い息を吐き、ジオはさらに蕩かそうと欲して胸の尖《とが》りを指で可愛《かわい》がり、舌先でもてあそぶ。

「あっ……あっ、ん……じお……っ」

性感に色づいて震える声が、ジオの雄を煽り立てる。

顔から腹までの肌の上、ジオが愛撫を施さなかったところは一部分すらないというほど丹念に指先で撫で、唇でなぞり、またはじっくりと吸い付いて甘く噛む。

昨日《きのう》までかたくジオを拒んでいたレイルの心身が、再びこの手によって快楽に緩み、ひらかれていく様を見て、ジオはようやく安らぎを得る。

レイルの態度が頑なに変わったその原因を、貫かれることへの抵抗感だとジオは思い込んでいた。ならば無理に求めることはしたくない。この数日、レイルに思うように触れられなかったことのほうがよほど苦痛だ。

いつものように腹を合わせて互いのものを高めるだけで満足しようと、ジオがレイルに覆いかぶさろうとしたその時。

「ジオ……もう、ナカいじって……」

蕩けた金の目がジオの胸を甘やかに刺す。

ジオは奥歯を噛んで急激にこみ上げてくる衝動に耐えた。

レイルはジオの正気を失わせ、狂ったけだものに変えてしまうという悪い魔法の使い手だった。

それなのに、本人にはまったくその自覚がない。だからジオは、自分自身からレイルを守らなければならなかった。

「レイ、無理しなくていい。これまで通りのやり方でも俺はかまわねぇんだ。お前が嫌なら――」

「やじゃない……こないだも、すげぇきもちよかった」

ジオの言葉を遮るように頭を抱き寄せて、レイルはその首筋に頬を摺り寄せた。

「じお……もっと、きもちよくして」

密やかな吐息とともに誘い込む。ジオをそそのかし甘やかす、ひどい魔法だ。

ジオはもう、抗《あらが》う術を持たなかった。

「うあっ」

たっぷりと香油をまとわせた指で、慎重に隘路《あいろ》を埋めていく。レイルの処女地はそれらしく臆《おく》病《びょう》にジオの侵略を拒んでいたのに、先日充分に愛したところを探りあてると、たちまちとろとろとぬかるんだ。

「あっ……ぁ、……ん、ぅぁ……っ」

香油をつぎ足し、指を増やしてさらに押し広げ、この後に控えるその時のために準備を施す。今にもとろりと融《と》け出してしまうのではと思うほど、レイルの中は熱く柔らかい。それでいてジオの指に吸い付き、ぐねぐねとまとわりついては締めつけた。

レイルの立ち上がったそれは、先端からたらたらと甘そうな蜜を垂らして、ジオはそれを口に含みたくなった。しかしそんなことをしたら、今のレイルならすぐに達してしまうかもしれない。

一度いかせてやりたいが、達した後のレイルの中は締めつけがいっそう激しくなる。その前に挿入したほうがお互いにとっていいだろう。

「レイ、きつくなったら言えよ？」

「ん……わかった」

レイルの表情の上に怯えの見えないことを確認し、ジオは念願の時を迎えた。

慎ましやかでありながら、香油に濡れてヒクヒクと誘う蕾《つぼみ》に、自身の先端を押し付ける。

ボテッと張り出した亀頭の無遠慮な大きさを、この時ばかりは恨みたくなる。実際ここが一番の難所に違いない。

「んあっ、く……ぅッ、あっあっ」

じっくりと腰を進め、レイルの様子を窺《うかが》いながら、何とか亀頭を飲み込ませた。

レイルは息を乱れさせ、ジオの背中にしがみつく。苦しそうだったのは一瞬で、その後にはすぐに声に甘さがまじり出し、ジオはほっと息をついた。

レイルの体内の熱を直に感じながら、さらに深い繋がりを求め、浅く抜き差しをしつつじわじわと侵攻を進める。

「ああッ――」

ジオのものが半分ほどおさまったころ、レイルはひときわ高い声を上げてジオに縋りついた。

途端に肉襞《ひだ》がジオのものを締め上げ、搾り取ろうと吸い付いてくる。有無をいわさぬその奇襲に、ジオは歯を食いしばって耐えた。

「レイ……？」

見ると、レイルは目に涙を滲ませて放心したようになっており、その腹には白濁が散っている。

媚薬の強烈な作用とともにその内側への快楽を教え込まれたレイルの身体は、初めて男を受け入れたとは思えないほど従順に性感を拾い、自らの悦《よろこ》びとすることを良しとしていた。

官能に浸りきったうつろな目と、浅くみだらな吐息が悩ましく、ジオはその姿を脳裏に焼き付けたく思う。

「イッたみてぇだな。辛くねぇか?」

達した後は動かれるのが辛いと聞いたことがある。

だがレイルはふにゃ、と笑った。

「へーきだ……もっと、ぜんぶきて。あとキスも」

レイルにキスをねだられるのは、ジオの気分を大いによくすることの一つだ。

優しく優しく、ただそれだけを心がけて、深く舌を絡め、レイルの奥まで入っていく。

みっちりと隙間《すきま》なくジオの欲肉のすべてを受け入れたレイルと、またレイルに包み込まれたジオは、互いに抱き合ってしばらくそのままでいた。

レイルとやっと一つになれたことは、ジオに予想以上の感動を与えた。気を抜くと射精してしまいそうで動けないのだ。

全身の血が沸騰したような興奮がようやくおさまった頃《ころ》、ジオはレイルの様子を見ながら言った。

「苦しくねぇ?」

「くるしくない……安心する」

離すまいと抱き着いてくるレイルに苦笑して、ジオは慎重に腰をひく。

「動いて大丈夫そうか?」

「ああ、へーきだ」

ぐ、と腰を押し込むと、レイルは甘い声を上げた。

それを聞いてジオは本当に大丈夫そうだと判断し、もう少し大胆に抜き差しをする。

「あっあっあっ……ぁんッ、は、あっ、じおっ」

顔を寄せて口づけをねだってくるのを可愛いと思いながら、望み通りに舌を吸い、レイルの嬌声に誘われるままに自らの欲望を追う。

熱く湿った粘膜がジオの雄に絡みつき、つきあたりを突き崩されるのを期待するかのように奥へ奥へと誘い込んだ。

「レイ、ここ、気持ちいいか？」

「あっきもちぃい……うあッあ、あ、あ、」

ぐり、と強めに奥を責めると、レイルはますます乱れてジオの背中にしがみついた。

あまり激しくするわけにはいかないとは弁《わきま》えている。だがレイルの潤んだ目や快感に耽《ふけ》る顔を見ていると、どうしようもなく気が昂《たかぶ》った。

次第に抽送が速くなり、レイルの窄《すぼ》まりのふちがキュンキュンとジオを食い締める。

「あ、も……でるッ」

「俺も、」

レイルが達するのに合わせて、ジオも急激に自分を追い立てる。

レイルの手がジオの頬《ほお》を包み、舌がジオの唇を舐めた。ジオは夢中でレイルの唇を貪り、腰を振った。

「んんん――ッ」

ひときわ強い締めつけの中、ジオが素早く腰をひこうとすると、予想していたかのようにレイルの両足がジオの腰を掴んで、ジオが出て行くのを阻んだ。

びゅうびゅうと吐き出された白い熱情は、そのすべてがレイルの腹の中におさまり、レイルはその熱さにうっとりと息を吐く。ジオの火の魔力が腹の中に満ち、細胞の隅々にまで行き渡るような気がした。

「あつい……じおの、はいってる」

ジオの腰を両足で抱え込んだまま囁いた声はどこか嬉しそうで、ジオは現状を幸福と感じながらも少し困った。

こんなことをされては萎える気配もない。ジオのレイルへの欲望は尽きることがなく、普段はレイルに合わせて時間を短めにし、一度きりで済ませているにすぎない。

だがレイルが満足ならそれでいいというのも本音で、ようは惚れた弱みだな、とジオは思っている。

事後の充足感を味わいつつ、身体を繋げたままでレイルの頬や額にキスを落としていく。レイルはくすぐったそうに笑いながらも、時折ジオにキスの仕返しをした。

レイルの中から出て行くのが惜しくなり、いつまでも唇を触れ合わせていると、ふいにレイルが言った。

「ジオ……俺、お前がやっぱり王女さまと結婚するって言い出しても、平気で祝ってやれると思ってたんだ。お前とのことあんまちゃんと考えてこなかったけど、そのくらいのつもりでいたんだよ」

ジオは黙って先を促した。

「けど今は、そんなこと考えるだけで嫌なんだ。祝ってなんかやれねぇと思う」

レイルは考え考え、訥々《とつとつ》と話しながら、言葉を探しているようだった。

「それってお前のことすげぇ好きってことだよな？　でもお前にとっては、前の俺のほうがよかったんじゃねぇかな……ジオ？」

＊＊＊

ジオが苦しそうに顔を歪めたので、レイルは首を傾《かし》げ、「あ」と小さく呟いた。

チラチラとジオの背後に火の粉が舞い出している。

レイルはさほど驚かなかった。子どもの頃、ジオは感情的になった時よく火の粉を舞わせていたものだ。成長するにつれ魔力の制御がうまくなり、火の粉を出すこともなくなっていた。

ジオはレイルの手を掴み、その甲にキスを落として頬を寄せる。

「レイル、俺が愛とか忠誠とかいうのを捧げる相手は、今までもこれからもお前だけだ。ガキの頃から俺の心臓のサラシネはお前だった。お前がいるから、俺は迷わずに生きてこられたんだ」

暗がりの中で火の粉を背負うジオのほうが、よほどサラシネに近かった。

レイルはその無数の赤橙《あかだいだい》の灯《あか》りに照らされたジオの、うつくしい姿にうっとりと見入った。

ジオの心臓のサラシネがレイルだというなら、きっとレイルの心臓のサラシネはジオなのだろう。

それはレイルにとって幸せでしかない。

「勇者になったのだってお前がいたからだ。お前のためなら、なんだってできると思った。レイル、俺はほんとうに、お前じゃなきゃ駄目なんだよ」

レイルは知らぬ間に涙を溢れさせていた。

親すら不要物とみなしたレイルの存在を、ジオは肯定し、愛を注ぎ続けていたのだと知った。

この世は理不尽に満ちていて、人生は不公平で、不安は絶えない。

けれど時に魂が震えるような歓《よろこ》びの瞬間があり、雲間に差した一条の光が、苦しみを掻き消すことがある。

「ジオ……っ」

どちらからともなく唇を合わせ、言葉では伝えきれない思いを繋ぐ。

かつて哀《かな》しみを背負った子どもたちは今や幸せなけだものとなり、泣き笑いにくれながら、こころゆくまで原始的な愛を交わした。

＊＊＊

翌日、レイルが孤児院の子どもたちに会いに行きたいと告げると、ジオはレイルがそう言い出すのを分かっていたかのように速やかに荷造りを済ませ、宿の退室の手続きを終わらせた。

転移所へ向かう前に、二人はレイルが雇われていた宿へと立ち寄り、皆に別れの挨拶をした。レイルが少女へ町で買ったリボンを手渡すと、彼女は目に涙をためて「お手紙ちょうだいね、約束よ」と言った。

この町での出来事はレイルの旅の心象となり、生涯忘れることのない思い出となった。

獣人領の転移所から子どもたちの保護施設へ向かう途中の馬車の中、緑豊かな外の景色《けしき》を眺め、レイルは今後どうしようかと物思いに耽る。

ジオから聞いた話では子どもたちはすっかり獣人領の保護施設に馴染《なじ》んでいて、獣人の子どもたちともあっという間に打ち解け、元気に過ごしているという。

中には環境が変わったことやレイルの不在が原因で不安定になった子もいるが、施設の人々のサポートにより、今では何とか落ち着いてきているとのことだった。

元いた町に戻ってもいいし、新たにどこかの土地へ孤児院を建て、そこへ子どもたちを連れて行ってもいい。ジオはそう言ってくれたが、一度馴染んだ場所であればなにもせっかくできた友達と引き離すことはない。

施設側も子どもたちの受け入れにはたいへん好意的で、人間の子どもたちであっても分け隔てなく接してくれているそうだ。そもそも獣人領といっても獣人ばかり住んでいるわけではなく、人口の半分近くは人間なのだという。

もし施設で人手が足りていないようだったら雇ってもらえないかとも考えたが、子どもたちと施設の人々が新たに関係を築こうとしている今、自分がそこへ入っていくのはかえって邪魔になる気もする。

レイルが何をしたいのか、どういう人生を歩みたいのか、ジオはレイルがその答えを出すのを気長に待つ気でいるようだった。

騎士団を辞めて冒険者となり、各地で金を稼ぎながらレイルと大陸中を旅してみるのも悪くないなどと、冗談か本気か分からないことを言ったりもした。

ジオと旅をするのはきっと楽しいだろう。レイルは想像を膨らませた。

常夏の島や茫々《ぼうぼう》たる砂漠、魔法技術の粋を集めた大国の王都、限られた者しか奥地に踏み入ることができないという精霊の森。少年時代に旅行記を読んで心躍らせた様々な場所に、実際に行くことができたら。

けれどジオが騎士団を辞めるのがレイルのためなら、そういう選択はしてほしくなかった。

現在ジオが立つ場所は、ジオが長年努力と情熱を積み重ねて得たもののはずだ。

子どもたちを見ていると、人生の早い段階で情熱を傾けられるものが明確化する子と、そうではない子がいる。前者に当たる子は、その情熱のままに生きていくことが本人にとって幸せなのだろうとレイルは考えている。

子どもの頃のジオもそういった類の少年だった。ジオは自身の魔法の素養に気づき、その才能を磨いて、王都で大きく花開かせた。

己の情熱のまま突き進み、それを才能と認められ、その才能を活《い》かすことが多くの人々のためになり、ひいては国への貢献になる。そういう生き方ができる人間はごくわずかだ。

今ではジオはそういう生き方ができる人間だった。それをわざわざ放棄するのはもったいないように思う。とはいえ、ジオは王女との結婚を辞退するような独自の価値観を持った人物である。レイルのもったいないという基準がジオには通じないことも分かってはいた。

また、常に情熱の矛先を定めて生きてきたジオと違い、自分が何をしたいのかと突き詰めて考えるのは、レイルにとってはどうも性に合わない気がした。

今までそういう生き方をしてこなかったせいもあるのかもしれない。だがあの宿で働いていた時のように、場合に沿って必要な選択をし、その中で自分なりに精一杯働いて、職場の仲間たちとささやかな楽しみを持つような、そんな人生がちょうどいいと感じる。

ジオは騎士団を辞めず、レイルは王都でジオと暮らしながら何か自分にできる仕事を見つけ、たまに獣人領の子どもたちに会いに行く。そんな暮らしができれば充分じゃないか。

もしできるなら、貧しい子どもたちに学ぶ機会を与えられるような活動もしてみたい。

常日頃《ひごろ》、孤児院出身の子どもたちの就職の条件が悪い点に頭を悩ませていたレイルは、そんなふうに思い始めていた。

施設はまるで森を切り拓《ひら》いたかのような場所にあった。

建物は石と木を巧みに組み合わせて造られており、頑丈さを思わせつつ温かみも感じられる。

レイルとジオが施設の敷地に踏み入ると、庭にある木造の大きな遊具で遊んでいた子どものうちの一人が大声を上げた。

「あー！　レイ兄だ！」

その声を皮切りに、庭で遊んでいた孤児院の子どもたちがわらわらと集まってくる。

「レイ兄どこ行ってたの？」

「わたし知ってる！　ジオ兄とバカンスでしょ？　ウィル兄が言ってた！」

「バカンスってなに？」

「しらない」

「レイ兄ぼくきょう一人でうんちできたよ！」

「でっかい虫捕まえたの！　見る？」

「レイ兄こっちきて！　このうちのベッドすごいの！」

「あのね、ブロンくんのしっぽとっても可愛《かわい》いんだよ！　でも勝手に触ったらだめだからね。ちゃんと触ってもいいかかくにんしてからじゃないとダメなの」

「レイ兄抱っこして」

「だめ！　わたしが先！」

久しぶりにレイルの姿を目にした幼い子どもたちは、それぞれがレイルに伝えたいことを興奮気味に語った。

騒ぎにつられた獣人の子どもたちまでがその興奮にあてられて、周囲を駆けまわったり飛び跳ねたりしている。

子どもたちに抱き着かれ、肩によじ登られ、揉みくちゃになりながら、レイルはあたたかな幸せを噛みしめた。

今までレイルは、子どもたちをよく育てようと心がけてきた。

世間には育児書というのはあまり出回っておらず、その数少ない育児書もたいていが貴族の子息を育てる心得であったりする。貴族のような教育はできはしないが、それでも一助になればとそれらの本を読み、町のご婦人方の助言も受けて、子どもたちにとってよい接し方というのを探ってきた。

ご婦人がよくレイルに語るのは、愛情があればなんとかなるという一言である。それは確信に満ちてほのかに輝く金言だったが、その輝きは親の愛情すら知らぬレイルの胸中にうっすらとした絶望の影を生み出した。

我が身を削って世話をしても、彼らのためを思った上での厳しさも、幼い子どもたちには理解ができない。

若い頃は報われない苦労に時に虚《むな》しさを覚え、やはり親の愛情を受けなかったがために、自分は子どもたちへ与えられるだけの愛情を持ち得なかったのだと悩むこともあった。

当たり前に愛されて育ち、世間というものを知っている人間こそが、そのどちらも知らぬ孤児にとって必要な保護者ではないかと思い続けてきた。

しかし一度孤児院を出て、こうして再び子どもたちに会って胸に湧《わ》いたのは、そんなに気負わなくてもよかったかな、という思いだ。

子どもたちは完璧な保護者を求めていたのではなく、そのままのレイルを慕ってくれていたのだろう。レイルが悩もうと悩むまいと、子どもたちはそんなことはお構いなしに、逞《たくま》しく育っていくのだ。

子どもってすごいよな、とレイルは我知らず微笑《ほほえ》んだ。

「こらこら、そんなに大勢で登ったらレイ兄がぽっきり折れちゃうだろ。抱っことおんぶは一人ずつだよ」

子どもたちにまとわりつかれて団子状態になっているレイルに気づいたウィリーが近寄ってくる。

「レイ兄、おかえり」

ウィリーはどこか含みのある顔をして言った。

「ウィリー、急に出て行って悪かったな」

「レイ兄が悪いことなんかひとつもないよ。ジオ兄もすぐ来てくれたし……」

でも、と目を伏せて、ウィリーはぽつりぽつりと話し出した。

「でも、おれ、レイ兄が出て行ったことジオ兄に知らせるの、実はちょっと迷ったんだ。だってレイ兄はおれと違って外でも働けるだろ。そしたら普通に結婚もできるだろうし、幸せになれる気がして……だからもしかしたら、レイ兄にとってはこれで良かったのかもって思ったんだよ。まぁでも、ジオ兄がレイ兄を逃がすわけないいし、結局すぐ連絡しちゃったんだけどね」

レイルは意外な思いでウィリーを見つめた。

ウィリーがレイルのことをそんなふうに考えていたなんて知らなかった。

「レイ兄、もしかしてジオ兄に流されてない？　おれ、ジオ兄の邪魔したくはないんだけどさ、レイ兄には幸せになってほしいし」

ウィリーの口ぶりは、現在のレイルとジオの関係まで把握したそれで、レイルは少なからず動揺した。

「ウィリー……お前、ジオの気持ち知ってたのか？」

「知らなかったのはチビたちとレイ兄だけじゃないかな。年頃になってくるとさすがに気づくよ。特に女の子はそういうの鋭いから」

「そ、そっか」

何を今さら、と言わんばかりの表情を向けられ、レイルは何だか納得いかないような、とにかくバツが悪いような複雑な気分を味わった。

そして賢くも愛情深いウィリーに対し、誤魔化《ごまか》すことなく本心を語ることにした。

「ウィリー」

「なに？」

「俺、ジオのこと好きなんだよ」

ウィリーはきょとんとして目を瞬《しばた》いた。それから噴き出すように笑った。

「よかった。ジオ兄の粘り勝ちだね」

よかったよかった、とはしゃいだようにレイルの背中を叩く。

ほのぼのと笑い合う二人を、ジオは子どもたちの相手をしながら、少し離れたところで見守っていた。

＊＊＊

獣人領の孤児保護施設の一室で、ジオは獣人と向かい合っていた。

窓からは庭が見渡せて、レイルが子どもたちの遊び相手をしているのが見える。二人で施設長への挨拶を終えたのち、レイルは子どもたちと庭へ向かい、ジオは待ち構えていたように現れた獣人によって、職員も誰《だれ》もいないこの部屋に通された。

獣人は窓の外を眺めてにこやかに言った。

「いや～感動の再会だねぇ。あ、ほら、レイル殿が獣人の子を抱っこしてる。絵的にすごく可愛いだろジオ？　獣人領ってほんといいところだよねぇ」

ジオはその誘導にはのらず、獣人に視線を据えて言った。

「なぁ、ルトワルド」

「ん？　なに？」

「お前には今回いろいろと世話になったな。護衛を紹介してくれたことも、王家と対立するかもしれないってのにチビたちを保護してくれたことも、マジで助かった。感謝する」

「やだなぁジオ、改まっちゃって。らしくないよ？」

へら、と笑うルトワルドに、ジオはすっと両目を鋭くさせた。

「らしくないのはお前のほうだろ。それで、一体何を企《たくら》んでる？」

「企むだなんてそんな――」

ジオはさらに畳みかけた。

「あいつらが召集権をレイルに付与したあたりから、どうもおかしい気はしてたんだ。ウィリーにも確認したが、あいつらはレイルに意見を言っただけで、脅迫したわけでも王女みてぇに金で追い払ったわけでもねぇ。俺にとっちゃ迷惑だし、レイルにしてみりゃお門違いの難癖つけられて気の毒だったが、犯した罪とその罰の釣り合いがとれねぇだろ。あいつらはあれで今までのポストについていられるかも怪しくなっただろうな。贖罪とはいうが、度が過ぎるときな臭くてしょうがねぇぞ」

レイルに召集権を捧げた面々は、今後王家に加えレイルの召集にも応《こた》える義務が生じる。それは彼らの所属先にとっては優先順位が三番手になることを意味し、当然歓迎されるものではない。

「そうはいってもレイル殿と彼らの社会的立場の格差を考えると脅迫に類似するんじゃない？それに大金を払った王女殿下のほうがレイル殿のその後の生活のことまで考えてて誠実だとも言え

るし」

「そう言ってあいつらをそそのかしたのか？」

「そそのかしたなんて、人聞き悪いなぁ」

ルトワルドは弱ったような声を出した。

それからふと視線を窓の外に移して、ジオとは目を合わせないまま語った。

「……あのさ、ジオ。魔王戦はほんと大変だったよな。旅は長いし、魔瘴《ましょう》はきついし、みんな何回か死にかけたし。けどオレは、精神的には楽な仕事だったと思ってるんだ。だってオレらは国のために、殺してもいいと定義されているものたちを殺しただけだからね」

ルトワルドの口調は淡々として、そこに自嘲《じちょう》もなければ気負いもない。

だからジオは、彼が何を言わんとするのか測ることができない。

「でもたとえば、隣国の都市を火の海にしてこいなんて仕事だったら、きっとオレたちは選ばれてない。オレらは正義の執行者として選ばれたんだ」

だからどうした、とジオは思う。

ジオはそういった言葉遊びのような話が嫌いだった。それに回りくどい話も腹の探り合いも好きではない。

「彼らはもう、経歴からして正義そのものさ。自分が悪役になるなんて、考えたこともないんだろう。それなのに、正義であるはずの自分たちが、苦境の中で健気に生きる罪なき青年をさらなる苦境に追いやったんだから、冷静さを見失うのも無理はないよ」

「ああ、そうかもな。だとするとあのとき冷静でいられたのはお前だけだ。そのお前が率先してレイルの前に膝をついたんだ。あの場を仕切ってたのはお前だろ、ルト」

ジオはルトワルドがレイルにひざまずき、いにしえのうたを捧げた時の光景を思った。

「お前はすすんで他人事《ひとごと》に首を突っ込むようなやつじゃねぇ。今回も俺にとって都合よく動きすぎだ。なにか狙《ねら》いがあってレイルに召集権を持たせたとしか思えねぇだろ。お前が協力してくれて助かったってのは本当だぜ。だがレイルを厄介事に巻き込むつもりなら俺も黙ってるわけにはいかねぇからな」

「……ミルバンヌちゃんを紹介したことや子どもたちへの協力は、君への友情からだよ。それは信じてほしいな」

押し殺したような静けさで凄《すご》むジオに対し、獣人は寂しそうに笑った。

それからジオに向き直って視線を合わせた。

「先日、王太子殿下に会ってきた。ジオ、君を北辺境獣人領の新領主に推薦してきたんだ」

ジオは無言のまま眉根を寄せた。

自分のあずかり知らぬところで勝手な人事をされたくはない。

ジオはもう、貴族になることにも領地を持つことにも頓着《とんちゃく》していなかった。ただレイルとともに生きていくために最適な選択をしたいと思うだけだ。

ルトワルドはそんなジオの考えを知っているはずである。それなのになぜ今そんな行動に出たのか、ジオには理解できなかった。

「……なぜだ。説明しろ」

ルトワルドはひとつ深い溜め息をつき、獣人領の事情を語り出す。

「今の領主はもうお年でね。引退を考えてらっしゃるんだけど、後継ぎの令息があまりよろしくない人物なんだ。王都育ちのせいか知らないが、お父上とは違って人間の貴族社会の価値観そのものって感じで、獣人への差別感情が隠せてない……っていうか隠そうともしてないのかな、あれは。つまりオレら獣人のほとんどは、彼が獣人領の新領主に相応《ふさわ》しい人物だとは思ってないんだ」

「だが辺境領は世襲ってわけじゃねぇんだろ？」

「ジオ、それは建前だよ。世襲と決まってはいないけど、世襲が認められることもある。だからこのまま彼が後を継いでもおかしくない。彼がまるで無能なら話は別だったかもしれないが、残念ながら人格に難があるだけで能力的な問題はないんだ。オレはずっと、この状況をどうにかできないか考えてた」

手元に落としていた視線を上げ、ルトワルドはジオを見遣った。

「そしたらジオ、君がレイル殿のために王女殿下との結婚を蹴って、国外へ行くかもなんて言い出しただろ。その時なんていうか……閃いちゃったんだよな。もう、そうとしか言えないんだけどさ」

へにょ、とルトワルドは大きな耳を垂れ、どうにも説明しづらいといった風情で訴える。

「一度思いついてみると、君は獣人領のトップとして理想的だ。貴族とのしがらみもないし、この国の貴族の思想に染まってない。人民はこうあるべきなんて観念がない。君はいい意味で他人に無関心だし、理論的に考えることができて感情を優先しない。獣人に差別感情もなければ、肩入れもしない。すごくフラットで、公平だ。適度に脳筋なところも獣人部隊とは相性がいいし――」

ルトワルドは言葉を区切り、意味ありげに薄く笑った。

「なによりジオ。君が領主なら、オレたち獣人を正しく教育して人間らしくしてやろうなんて思わないだろ？」

ぴり、と場の空気がわずかに張り詰める。

普段、何事も飄々と受け流す性格のルトワルドが、こういう雰囲気を作り出すことは珍しかった。

「一部の人間っていうのはびっくりするくらい傲慢《ごうまん》だよ。自分たちの常識が絶対で、それを遵守しない者は馬鹿か野蛮人だと決めつけてる。獣人側が人間基準に合わせるのが当然だと思ってるんだ。たとえばオレら獣人は必要がないなら初対面でも名乗らないのが普通だ。匂《にお》いや音の情報を重視するからね。それなのに無礼だって嫌味を言ったり怒り出したりする。名前が知りたいなら普通に訊ねればいいのに、躾《しつけ》がなってないなんて平気で言うんだぜ。そのくせモフモフとかいって親しくもないのに触ろうとしたり。それは獣人相手でも痴漢行為だってのにさ。撫でてやれば喜んで尻尾を振ると思ってんのか、ナチュラルに家畜扱いしてるんだよな」

苦虫を噛み潰したような顔でブツブツと不満を言うルトワルドに、ジオは内心で「こいつ若い女には愛想よくモフモフさせてるくせに」と思った。

「だいたいの話は分かったが、しかし回りくどいんじゃねぇか？　俺じゃなく、お前が領主になればいいだけの話だろ。魔王討伐の称号戦歴者にはそれを望めるだけの資格があるはずだ」

ジオの主張に対し、ルトワルドは苦笑で応えた。

「獣人領とはいうけどね、獣人が領主になったことなんか一度もない。それが今までの国の中枢の方々の意向だ。王太子殿下が即位された後はまた変わるかもしれないけど。今のところオレがいきなり領主になれば、獣人側の盛り上がりと人間側の反発で紛争が予想される。時期尚早なんだよ」

ほんとややこしいよねぇ、とルトワルドは面白くもなさそうに笑う。

「いずれ獣人が領主になれるような環境が整えばいいとは思うけど、オレはそこまでこだわってないんだ。獣人文化を尊重してくれて、獣人を教育して人間にするんじゃなく、獣人と人間の共生をはかってくれる人であれば、それが誰でも全力でサポートするよ」

「だが俺が領主になったら、獣人側と人間の貴族の両方から反発があるだろ」

「獣人側としては全くないとは言わないけど、他の候補者の点が低いからその辺はあまり心配いらないよ。それに獣人は強い者を好む。君に憧《あこが》れを抱く者は獣人の中にも多いんだ。貴族側の反発は王太子殿下がどうにかしてくれるんじゃないかな。あの方だって、君が国外に行っちゃうよりは、辺境にでもいてくれたほうが望ましいはずだからね。新国王としても、君の友人としても、そう考えるに違いないよ。それにさ、ジオ。これは君にとっても悪くない話だ」

ルトワルドはとっておきの情報を披露するかのような顔をして言った。

「獣人領には番制度がある。同性婚が認められてるんだ」

ジオは思わず目を瞬いた。

「人間同士でもか？」

「ああ。あまり知られてないけど、その辺に制約はない。ジオはレイル殿のために地位を得ようとしてたんだろ？　レイル殿が辺境領主の伴侶という立場になれば、領主であるジオが死んだとしても無下には扱われない。財産も相続できる。それはレイル殿を守ることになるんじゃないか？」

「まさかそのためにレイルに召集権を与えたのか？」

「北方辺境伯の伴侶ならそれなりの箔《はく》がないと、中央の貴族連中の横槍が入るかもしれないからね。その点、称号戦歴者五人の召集権を持つレイル殿なら、平民とはいえ侮られることはないと思うよ。それにジオ、君が君でいる限り、レイル殿を守るための味方は多いほうがいい。分かってるだろ？君の唯一の弱点がレイル殿なら、どんな意味であれ君を口説きたいと思う連中はそこを狙《ねら》ってくるって」

二人はしばし押し黙った。

やがてジオがぽつりと言った。

「……それがお前の考えた筋書きかよ」

ルトワルドはふぅっと深く息を吐き、肩を竦めた。

「それが不思議なもんでさ、オレが考えたっていうより、思いつかせられたって気もしてるんだ。なんかこう……ジオの立場や性格とか、レイル殿の善性とか、王太子殿下のお人柄とか……それぞれのパーツがカチカチッとうまい具合にはまっていっちゃって、オレは足りない部分を補っただけみたいな気分だよ。いうなれば天の配剤だ」

再び黙り込むジオに対し、ルトワルドは言い募った。

「ジオ、オレはお願いしてるわけじゃない。もちろん命令でもない。オレたちはお互いの利益のために、手を組むことができるっていう提案なんだ。君は理想の領主だけど、完璧ってわけじゃない。だってジオもレイル殿もまっすぐすぎて腹芸なんて向いてないだろ。そこでオレの出番だ」

おどけた仕草で胸に手をあて、ルトワルドは片目を閉じてみせた。

「オレがいれば、完璧に近づく。君たちの弱点をカバーできる。それにもし君に何かあった時は、オレがレイル殿を保護するよ。召集権を捧げたのはその意思表示だ」

ルトワルドは席を立ち、退出間際にジオを振り返って言った。

「返事は急《せ》かさないから、レイル殿とじっくり話し合って決めてほしい。もちろんいい返事を期待してるけどね」

部屋の扉が閉ざされる。

開け放たれた窓から、レイルと子どもたちの笑い声が聞こえた。

ジオはしばらくの間、無言のまま窓の外を眺めていた。

＊＊＊

パチン、と薪《まき》が爆《は》ぜる音でレイルは目を覚ました。

背後からジオに抱き込まれた姿勢のまま、腕の中でそっと身じろぎをする。後孔を埋めているジオのそれがズルリと抜け落ち、レイルはぶるっと背を震わせた。

この排泄《はいせつ》感にはいつまでたってても慣れることがない。垂れ落ちる白濁が内股《うちまた》をつたい、レイルは先ほどまでの激しい情事の名残《なごり》に甘い吐息を零《こぼ》した。

ここ数ヶ月ほど、ジオは隣国の侵攻から国境を守るため屋敷を離れていた。

ジオが北方辺境領の新領主となってから、その実力を試してやろうとばかりに隣国の兵が小競り合いを仕掛けてきていることは、レイルも獣人のルトワルドから聞かされていた。

今回はその無礼な連中に強烈な鞭《むち》をくれてやるべく、ジオ自らが部隊を率い、小規模ながら次々と仕掛けられる襲撃を、ことごとく徹底的に鎮圧してきたという。

ようやく帰ったのが今日の夕方で、ジオは食事もとらずに風呂場へ駆け込み、すぐさまレイルをベッドへ連れ込んだ。

飢えに飢えた腹を満たすかの如《ごと》く何度もレイルの身体《からだ》を貪ったジオは、事が終わってもレイルの中から出て行こうとはしなかった。腕の中にレイルを閉じこめ、レイルの髪の匂いをかぎながら深い眠りへと落ちていった。

レイルが目覚めても、ジオが気づかないまま寝続けているのは珍しい。

よほど疲れて帰ったのだろうと、レイルはジオの黒髪をそっと撫で、不精髭の生えた頬《ほお》にキスを落とした。

ベッドを抜け出して風呂場に行き、手早く身を清める。

ルトワルドやミルバンヌの紹介で屋敷に来た使用人たちは、みな有能で気が利いた人物ばかりだ。今晩の主人たちの成り行きを見越して、いつでも湯が使えるよう風呂に魔石を仕込んでくれていた。

ジオが王都土産《みやげ》といって買ってきた石鹸は、甘い果実のような香りがする。

それは海の見える港町の宿の風呂場で使っていたかぐわしい湯を思い出させ、レイルは切ないような懐かしさを覚えた。

浅い歯型や赤い吸い痕など、一面に情交の痕を色濃く残した肌の上に、泡立てた石鹸を滑らせる。あの頃《ころ》、壊れ物を扱うようにひどく優しくレイルを抱いていたジオは、今ではレイルが望むままに剥《む》き出《だ》しの欲望をぶつけてくるようになった。

きっとそれでも手加減はしているのだろうとは思うが、遠慮を取り払ったそのままのジオを受け入れることは、レイルにとっての喜びでもある。

泡を洗い流して身を拭い、盥《たらい》に湯を汲《く》んでベッドへと戻る。

タオルを絞ってジオの肌を清めていると、ジオが身じろぎをして仰向《あおむ》けとなった。起こしてしまったかと思ったが、ジオは寝息を立てたままだった。

レイルはほっと息をつき、再びジオの肌を丹念に拭う。そしてジオの胸に刻まれた文様をそっと指でなぞり、唇を落とした。レイルの胸にも、ジオのそれと同じ文様が刻まれている。

種族にもよるらしいが、獣人の番の多くは伴侶の証《あかし》として、肌の普段見えない場所に紋を刻むのだという。


二年前、ジオとレイルは北方辺境領の新領主となると同時に、獣人式の婚姻を結んだ。獣人領でも領主が獣人式の婚姻をした例はこれが初となる。

そして今年、二人は婚姻の披露目の式典を催し、その場には一年前に戴冠《たいかん》と同時に結婚を発表した国王夫妻も出席したのである。

国王がわざわざ辺境を訪れ、人間領では認められていない同性婚をした辺境領主に祝いの言葉を公式に述べたことは、国内の獣人たちの間で王家が獣人文化に対する支持の姿勢を示したものと解釈され、領主の婚姻とともにおおむね好意的に受け入れられた。


ジオと結婚して辺境領主の伴侶となり、こんな立派な屋敷に住んでいることについて、レイルは今でも不思議な気分にとらわれることがある。

ジオに求婚されたその日、自分にとっては身分不相応としか思えないジオの提案に、レイルは唖然としたものだ。

けれどレイルを正式な伴侶にしたいというジオの強い願いと、ルトワルドの真摯な説得と、ミルバンヌの強烈な後押しを受け、何よりジオと結婚をすることは自分の望みでもあるという自覚のもとに、ジオの求婚を受け入れた。


領主の伴侶になるにあたって、レイルは様々な知識を吸収し、ジオの支えになろうと奮闘する日々を送った。

ジオとルトワルドはレイルに無理をするなと再三釘を刺したが、今まで充分に学ぶ機会を持つことがなかったレイルにとって、知識を自分のものにしていくことは楽しく感じられた。

そして自らが得た知識と経験で誰かを助けられることもあると気づくと、その意欲はますます盛んとなった。

レイルは現在、平民のごく一般的な家庭人に向けた育児書を編纂《へんさん》している。

最近では子どもたちの教育についての案も固まってきた。孤児に限らず、貧しくて学ぶ機会のない平民の子どもたちに、最低限の読み書きと計算を教える場を設けたいというのは、今のレイルの一番の望みだ。

今でも時間が空けば、ジオとレイルは保護施設の子どもたちのもとへと通っている。

自分たちの子を持つことのない二人は、領内の子どもたちを自分たちの子と思い、彼らの将来のためにできることをしようと考えていた。


盥の湯を捨てて寝室に戻り、レイルは窓辺に立って外を眺める。

そこは一面の銀世界だ。

雪の粒が月明かりを反射して、夜空の星々と共鳴するようなかそけき煌《きら》めきを瞬かせている。北の冬は厳しいと聞いてはいたが、しかしこんなにも美しい。

冬の海というのはどういうものだろうか。レイルはふと思った。ジオが国境から帰ったら、少しだけ休みをとってあの港町を訪ねようと二人で決めていた。それを知らせた手紙への少女からの返信には「一番いい部屋を空けて待ってるわ。その部屋は防音バッチリだから」と書かれており、レイルを絶句させたものである。

様々な思いを噛みしめ、レイルは眠るジオの隣へと滑り込んだ。ジオの冷えた肩にキスを落として、毛布を引き上げる。
胸に垂らされた青と金の交じりあう美しい石を手に包み、レイルはいつものように一日の終わりを告げる祈りの言葉を紡いだ。

わたしたちの心臓の真ん中に　真っ赤《まか》な火が燃えています
この美しい火をいだく　わたしたちの魂もまた美しく
いかにこの身が飢えようと
いかにこの身が害されようと
なにものにも侵されることはありません
この火が燃える限りわたしは皆と共にあり
この火が消えたのちは皆を見守る空の星となり
火神サラシネを抱く兄弟たちへ　変わらぬ愛を注ぎます

「――だからもし俺になにかあったとしても、家族のための補償金が出る。受取人はお前になってるから、しばらく食うには困らねぇだけの金はもらえるはずだ。……おい、聞いてんのかレイル」

卓上の書類に落としていた視線を上げ、ジオ兄はレイ兄を見遣った。

レイ兄の仕事部屋兼自室であるこの書斎で、卓を挟んで向かい合った二人の間には、微妙な空気が流れている。

「……ジオ、魔王討伐ってそんなに危険なのか？」

レイ兄が言った。

「まぁ、楽勝ってこたぁねぇだろうが、そんなのは通常任務だって同じだぜ」

「けどよ、町でも無事に帰還できるかどうか怪しいって噂《うわさ》になってるんだろ？　なぁ、ウィリー？」

お願いやめて、おれに話ふらないでレイ兄。

やばいジオ兄めっちゃこっち見てるんですけど。余計なこと言うんじゃねぇオーラがびんびんになっちゃってるじゃん。こりゃまずい、逃げよ。

「お、おれちょっと赤ん坊の様子見てくるから」

そそくさと隣の部屋へと退散する。

赤ん坊の寝室は書斎の隣の小部屋だ。レイ兄はだいたいこの部屋で赤ん坊の様子を見ながら自分も一緒に寝ているか、書斎の長椅子で寝ている。

「その手の噂ってのは誰かの意図で流されてるもんが多いんだ。あんまり真に受けるなよ。それだけの国難を乗り越えたっていうパフォーマンスのために盛ってるか、それか国民の不安を煽って商売したい連中がいるかだな。まぁよくある話だ」

狭くて壁の薄いこの部屋にも利点がある。ドアを閉めても壁に引っ付いていれば、隣室の会話がなんとか聞きとれるってわけ。

ジオ兄は魔王討伐中はその周辺の領兵の協力が得られることや、王家から授けられた聖剣の力の強大なこと、自分のチームメンバーの実力が確かであることをレイ兄にこんこんと説明している。

ジオ兄は自身の仕事の危険さについて語ったことがない。

今回の魔王討伐に関しても、国を挙げての大がかりな作戦であるため、王家をはじめとしたあらゆる方面からの助力があるのだとさり気なく匂わせ、そのおかげでむしろ通常任務より安全面での保障が手厚いという印象操作をレイ兄に対して行っていた。

そのせいで、レイ兄は魔王討伐について「面倒だけど大事な仕事」くらいに捉《とら》えている。二人の会話を耳にする機会の多かったおれだって、ついこないだまではそう思ってたんだ。

レイ兄を不安にさせたくないというジオ兄の態度は、昔から一貫してる。だから最近ではレイ兄には聞かせたくない話を、おれに言ってくることもある。

いよいよ魔王討伐の旅への出立が近づいて、ジオ兄がおれに言ったのは「俺が死んだらレイルのサポートを頼む」というものだった。

だけどいくらジオ兄が気を遣ったところで、ジオ兄が死んだ後のお金の話なんかされちゃった日には、さすがのレイ兄も疑問を抱くよなぁ。

「殉職すりゃあ補償金が出るのは当然のことだ。だから今回が特別ってわけじゃねぇぞ。けどその手の話は今までしたことなかったしな。ちょうどいい機会だと思ったんだよ」

ジオ兄はさらりと軽い調子で言った。レイ兄の疑問をいなし、不安の芽を摘むために。

「……つーかさ、受取人が俺でほんとにいいのかよ？　ジオ、もう王都での暮らしも長いだろ？　お前だって恋人とか大事な人がいるんじゃねぇか？」

それ訊いちゃうんだ……ほんとレイ兄の鈍感さってどうなってんだろう。

といってもレイ兄はその鈍感さで支援者のご婦人たちの色っぽいお誘いをスルーできてる節もあるんだよなぁ。

「今度主人がいない時に遊びにいらっしゃいよ」

なんていう商家の後妻さんのお誘いに、チビたちを連れてガチで遊びにいったのには笑ったもんね。

計算でやってないのが分かるからか、相手も毒気を抜かれちゃうんだろう。後妻さんは腹を立てるどころか、ご自慢の庭でチビたちを遊ばせてくれておやつでもてなし、お菓子まで持たせて帰してくれたそうだ。

その後妻さんは、今ではたまに孤児院を訪れて子どもたちに刺繍《ししゅう》を教えたり、レイ兄とお茶を飲みながらちょっとだけ自分のことを話して帰っていく。

若い女性が家の都合で倍以上も年上の男に嫁ぐのは、いろんな思いを抱えるもんなんだろう。

レイ兄はとくに気の利いたことを言うわけでもないのに、そういう女性をほっとさせてあげることができる人だった。

そんな女性たちが旦那さんに寄付を提案してくれるおかげで、おれたち孤児はご飯が食べられる。

「騎士団の特殊訓練生に女追いかけ回してる暇なんかねぇよ。それになレイル、補償金ってのは家族のためのもんだ。俺の家族はお前らだけだろうが」

ジオ兄はそういう言い方をしてレイ兄を説き伏せることが多い。

家族だから、兄弟だからと言って、レイ兄の遠慮や気遣いを薙《な》ぎ払《はら》おうとする。

レイ兄が何か言ったみたいだけど、不明瞭で聞こえなかった。でもきっと、困った顔をしてるんだろう。

ジオ兄がレイ兄を想《おも》っているのとは違う感情だとしても、レイ兄だってジオ兄の幸せを願ってる。だからジオ兄がくれるお金を受け取ることを、レイ兄は感謝しつつも申し訳なく思っているのだ。

「だいたい、便宜上お前が受取人ってだけだからな。なにもお前にくれてやるって言ってるわけじゃねぇ。誰《だれ》ももらわなきゃ国庫におさまるだけの金だ。だったらチビたちの飯に変えたほうがよっぽどいいだろ」

レイ兄があっけらかんとジオ兄の好意に甘えられる性質だったら、ジオ兄だってただ優しいだけの男でいられたのにな。ジオ兄のこういうセリフを聞くたびに何度そう思ったことか。

ジオ兄はいつだってチビたちのためだと言ってレイ兄を納得させてきた。お前のためじゃないんだと念を押し、レイ兄に色んなものを捧げた。

それはたぶんある意味では真実で、ある意味では大嘘だ。

きっと孤児院に残ったのがレイ兄じゃなかったら、ジオ兄だってここまで心を砕かなかったに違いない。ジオ兄が薄情というのではなく、むしろそれが普通だ。

おれも含め、孤児院の子どもたちは幸運だった。

レイ兄が孤児院を継いでくれたから、おれたちは浮浪児にもならず女の子は娼館に連れて行かれることもなく、評判の悪い就職先に押し込まれずに済んだ。

もしかしたら町の人たちがなんとかしてくれた可能性もあるけど、たぶん今ほど安心できる環境では暮らせなかったと思う。

おれたちはレイ兄に守られ、レイ兄を守ろうとするジオ兄にも結果的に守られることになった。

「俺が魔王討伐の旅に出たら、一年は帰ってこねぇ。その間、お前、あんまり無理すんなよ。ちゃんと飯食ってなるべく寝ろ」

「なんでお前が俺の心配してんだよ。逆だろ普通」

「俺はめちゃくちゃ強《つえ》ぇからな。魔族なんぞに負ける気はさらさらねぇし、帰還したらたっぷり褒美をもらって大金持ちだ。お前に心配されるようなことなんかねぇんだよ」

ジオ兄はふてぶてしく言い切った。声に笑いさえ含ませて。

事情を知らない人が聞いたらなんて不遜な態度かと眉を顰めるかもしれない。もしくはさすが勇者だと頼もしく思うかもしれない。

けどおれからしたらもうほんとお疲れ様ですって感じだ。

『ちゃんと生きて帰るから心配しないで待っててくれ。きっと金持ちになってお前を迎えに来る』

そんな本音をまっすぐとは言えないもんだから、レイ兄の前でのジオ兄はたまにキャラが迷走している。

ジオ兄は普段自分の力を誇示することもないし、お金への執着だってない。だいたいそんな性格だったら、こんな田舎《いなか》の孤児院にかまけていないで王都の貴族たちと交流を深めているだろう。

武功をたてて貴族になろうとしている点は野心家だけど、それは単に金持ちになってレイ兄に楽をさせてあげたいからだ。

不器用なジオ兄と鈍感なレイ兄の関係は、いつになっても平行線のままだった。


ぐずり出した赤ん坊をあやして再び壁に引っ付くと、二人の会話は予想外のものになっていた。

「つーわけだから、何があってもこのペンダントは絶対外すなよ」

「ちょっと大袈裟じゃねぇ？　俺にそんなすごいお守り必要か……？　しかもこんなに高そうな宝石なんて――」

「必要に決まってんだろ。お前に何かあったらチビたちが悲しむ」

おお～どうやらジオ兄がレイ兄にペンダントを贈ったみたいだ。

漏れ聞こえる限りの説明でも、護身に特化した魔術加工されたものらしいと分かる。

魔王討伐の旅に出たら、今までみたいには会いに来られないって言ってたもんね。マーキングしとかなくちゃって思ったんだろうな。ちょっと前にも親切面してレイ兄を飲みに誘おうとする法曹家のエロオヤジに釘刺したばっかだし。

孤児院に寄付もしたことないのに、そのオヤジは何か困ったことがあれば相談にのると言ってよく町でレイ兄に絡んでいた。オヤジには隣町の繁華街で男娼《だんしょう》を買ってるって噂もあったから、レイ兄は子どもたちの就職を頼む際もそいつの職場は選ばなかった。ただ自分が狙《ねら》われていることにはまるで気づいてなかったりする。

そいつがレイ兄にちょっかい出してることを告げ口した時のジオ兄ときたら、マジで魔王の如《ごと》しだった。

「まぁ……未成年に目ぇつけなかった点だけは情状酌量の余地があるな」

なんて言いながら、ジオ兄は少しも酌量なんて考えてなさそうな鬼気迫る形相で町へ出かけて行った。その後何食わぬ顔で戻ってきた時は、あれ？　やばいジオ兄ったらエロオヤジ殺しちゃった？　ってさすがのおれもちょっと焦ったよね。

結局オヤジは死んでなかった。ただその後レイ兄と町を歩いてる時出くわしたら青い顔をして逃げてったけど。

尻尾を巻いて逃げるってこういう光景なのか、と感心しながら、おれはもし魔王がレイ兄を誘拐なんかしたら、ジオ兄は秒で魔王討伐できちゃうかもしんないとか考えていた。

結局、レイ兄はペンダントを受け取ったみたいだ。

ジオ兄が帰ろうとしているのでおれも見送るべきかと思ったけど、このままレイ兄と二人きりにしてあげたほうがいい気もする。

「じゃあ行ってくる」

ジオ兄が立ち上がる気配がする。次に二人が会えるのは、ジオ兄が魔王に勝って帰還した後になるかもしれない。

「……ジオ」

「ん？」

「あ、いや……その、気をつけてな」

「？　ああ」

あ、まずい。おれは慌てて隣室へのドアを開けた。

「あれ、ジオ兄もう帰っちゃうの？　レイ兄、お守り渡した？」

おれの指摘に、レイ兄は困った顔をした。

「お守りって？」

ジオ兄がレイ兄をじっと見つめる。レイ兄は苦笑して首を振った。

「いや、何でもねぇんだ。気にしないでくれ」

何でもないなんて、そんなことない。おれはなんだか悲しくなった。

レイ兄、ジオ兄はもう、もしかしたら、帰ってこないかもしれないんだよ。今渡さなかったら、後悔するに決まってるんだからな。

「レイ兄、ジオ兄のために星めぐりの願いごとしてたんだよ」

星めぐりの願いごとは、神話になぞらえた願掛けのことだ。幼い女の子が好むおまじないみたいな名称だけど内容はけっこう厳格で、何日目にどの星に祈りを捧げ、何日目に何色の花を摘み、何日目に何を食べ何日目は断食をするなど、細かい決まりがたくさんある。

その一日一日に身を清めたあとの髪を一つまみぶん切り落とし、翌朝神殿におさめに行く。決められた日数、毎日髪を神殿におさめると、最終日には髪を清めて返してもらえる。その髪を編んでまとめ、髪と同じ色の糸で全体をぐるぐると巻き、小さな輪っかを作る。だからこのお守りは星めぐりの輪と呼んだりもする。

あとはその輪を綺麗な布で作った小袋に入れたり、革ひもを通して首から下げられるようにするのがこの地域での一般的なやり方だった。

出稼ぎに行く夫を見送る妻や、独り立ちして地元を離れる息子や嫁に行く娘に母親が持たせるもので、彼らの身の安全や成功や幸福への願いが込められている。つまりは手のこんだおまじないだ。

そう、ただのおまじない。

ジオ兄がレイ兄にあげたペンダントみたいな確かな効力なんて、何も持たないただの髪の毛。

ジオ兄がレイ兄を守るためにペンダントに組み込んだ魔術に比べたら、子どもだましにもならないような自己満足の産物。

レイ兄はそんなふうに思って、ジオ兄のためにお守りを用意したことを言い出せなくなってしまったんだろう。

「……寄越せよ」

ジオ兄はずいっとレイ兄に詰め寄った。え、なにその勢い、ヤクザかな？

「え、いや、いいよ。よく考えたらお前には必要ねぇよな。ちゃんとした守備用の装備とかたくさんあるんだろ」

「なんだよ、くれねぇのか？」

「いやマジで気にすんなよ。ただの髪の毛だし……しかも俺のだし」

「いいから寄越せって」

「……ちゃんと決まり守れなかった日もあるし、まじないとしてもたぶんダメなやつだぞ」

決まりの中には不言の日というのがあって、レイ兄はそれだけは守れなかったらしい。チビたちの相手をしていて一言も発さないなんてマジで無理だ。

もともとレイ兄は、自分が何かしたらジオ兄が喜ぶという発想がまるでない。レイ兄に気を遣わせないためにジオ兄がそう仕向けているせいだ。それに、レイ兄はジオ兄の強さを無自覚に信じ切ってるところがある。ジオ兄は昔から魔法が使えたし喧嘩も強かったらしいから、それも仕方ないのかもしれない。

だから星めぐりの願いごとだって、おれが町での悲観的な噂《うわさ》をレイ兄の耳に入れなければ、たぶんやらなかったと思う。

ジオ兄には睨まれちゃったけど、でもおれはレイ兄にちょっとだけでいいから、ジオ兄のことを心配してあげてほしかった。それはおれの勝手な思いで、ジオ兄はそんなこと望んじゃいないのかもしれないけど。

「レイル、いいから出せ。今すぐにだ」

「わ、分かったから、ちょっと待てって」

物凄い圧とともに要求するジオ兄に、レイ兄は古びた書斎机の引き出しを開ける。

清潔な綿の白いハンカチに包んでいたお守りを、ジオ兄の前に捧げ持ち、レイ兄は目を閉じた。

ジオ兄はそれを黙って見つめ、レイ兄が目を開けるのを待っている。

これも決まり事の一つで、お守りを渡す直前に、目の前の人物のために何を願うかを星々に告げるのだ。

その願いは誰《だれ》にも教えちゃいけなくて、ジオ兄にも知らされることはない。でもたぶん、レイ兄はジオ兄が無事に帰ってくることを願ってるんだろうなぁ。

レイ兄が目を開け、ジオ兄にお守りを手渡す。ジオ兄はそれを受け取り、お守りにキスをした。

これはまぁ……やる人もいればやらない人もいる返礼みたいなやつだ。まさかジオ兄がやるとは思わなかったんだろう。レイ兄がびっくりして目をパチパチさせてる。ジオ兄、よっぽど嬉しかったんだな。

「レイル」

「ん？」

「今度からは断食はやめとけ」

「え、ああ……けどたった一日だけだぞ」

「たった一日でもお前は痩せちまうだろ。ちょっと頬《ほお》がこけたんじゃねぇのか？」

「おおげさかよ」

ジオ兄がレイ兄の頬を指の背で撫でると、レイ兄はちょっと笑った。

おれはそっと部屋を出る。

ふだんはかなり素っ気ない会話しかしないのに、レイ兄とジオ兄は時々ああして二人だけの世界に入っちゃうことがあるんだ。それは友人でもなければ恋人同士とも夫婦のそれとも異なる、この世にたった二人だけの兄弟みたいな在りようだった。

そのまま廊下の少し離れたところに立って、おれはレイ兄の書斎に乱入しようとするチビたちをせき止める役目に徹した。

数日後、王都で勇者一行が魔王討伐の旅に発《た》ったと町の噂で聞いた。

孤児院に帰ってそれを知らせると、レイ兄は静かな声で「そうか」と言った。

それ以外、何も言わなかった。


ジオ兄が姿を見せなくなっても、孤児院の日常は相変わらずだ。

レイ兄は少し前に引き取った赤ん坊の体重が思うほど増えないことにずっと苦慮していた。小さい子はただでも死にやすいのに、孤児院に来るような子どもはたいていまともな扱いを受けていない。だからレイ兄は、赤ん坊の世話に関しては少し神経質だ。

その子も最近になって順調に太り始め、レイ兄はやっと肩の力が抜けたみたい。雰囲気も柔らかくなって、町のご婦人方や支援者の人たちと交流する余裕も戻ってきていた。

そういえば少しだけ変わったことがある。レイ兄が苦手としていそうな支援者たちが、あまりレイ兄に絡んでこなくなったことだ。

「相変わらず案山子《かかし》みてぇだなぁレイル。男は逞しくねぇと女が寄ってこねぇぞ？　俺の若い頃《ころ》は女のほうから抱いてくれって群がってきたもんだ。いいか？　おめぇも男だったら――うぎゃッ!!」

いつものように、過去の武勇伝を語りながらレイ兄の背中を不躾《ぶしつけ》に叩こうとした男の手が、バチッと弾《はじ》き飛ばされる。

豚飼いの旦那の話にいつも同じだ。自分がどれほど有能で女にモテるか。うざったいけど金払いはいいというのが飲み屋での評判で、孤児院においてはうざったいわりに金払いの悪い人物だった。少額でも寄付をしてくれるのはありがたい。けど恩着せがましさもすごいんだよね。

確かに、畜産を営んでいる彼の家業はこの田舎町では成功している部類ではある。けど見た目のほうは逞しいというより腹の突き出たただの中年だ。

「どうしました？　大丈夫ですか？」

「あ、いや――」

キョトンとしているレイ兄に対し、豚飼いの旦那は首を捻《ひね》りながらすごすごと去って行った。手ぇめっちゃ痛そうだった。

ジオ兄がレイ兄に贈ったペンダントは、持ち主であるレイ兄の他には魔力持ちの人間にしか見ることができないのだという。高価な宝石を使っているらしいから、不埒な輩《やから》が宝石目当てにレイ兄を狙《ねら》うことがあったらまずいと思ったんだろう。

おれは魔力持ちじゃないからそのペンダントを見たことがない。でも、豚飼いの旦那に起きたような光景を何度か目にすることで、そのペンダントが確かに存在し、レイ兄を守っているのだと分かった。

「最近レイルちゃんの側《そば》にいると静電気すごいのよねぇ」

「あら、あの子帯電体質なのかしら」

町でご婦人方のそんな会話を耳にしたおれは、ジオ兄の独占欲の徹底ぶりに思わず笑った。

まぁ確かに、お触りの多いご婦人もたまにいるからね。


それから一年ちょっと経《た》って、無事に帰還したジオ兄とレイ兄はすったもんだの果てに正式に結婚することになる。

辺境領の新領主となったジオ兄とその伴侶になったレイ兄の屋敷で、おれはレイ兄の助手として働いている。


二人の婚姻の披露目の式典を明日に控え、ここ数日というもの屋敷の中は大忙しだ。衣装の最終チェックに立ち会った時、服を脱いだジオ兄が金のネックレスをしているのが見えて、おれは首を傾《かし》げた。

ジオ兄は装飾品なんて少しも興味ないはずだし、余計なものを身につけるのも嫌いな性格だ。

「ジオ兄、そのネックレスどうしたの?」

つい気になって訊ねると、ジオ兄は女の子たちが絶叫しそうな微笑みを浮かべた。

「べつに、どうもしねぇよ」

おいおい、べつにって顔じゃないんですけど。

ジオ兄はネックレスを摘まみ上げ、その細い金の鎖に通した小さな飾りにキスをした。思わず「あ」と声が出る。

その飾りは、レイ兄がジオ兄に捧げた星めぐりの輪っかだった。

そう気づいたらなんでか分かんないけど無性に泣けてきてしまって、適当なことを言って部屋を出る。

レイ兄とジオ兄は、今までずっとお互いに支え合って守り合って、そして今では愛し合っていた。

閉じた扉にもたれて、おれは何かに感謝した。

人が神さまとか運命とか呼ぶ何かに。

二人を出会わせ、繋ぎ合わせてくれた何かに。

そして二人の幸せが永遠のように、ずっとずっと続くことを祈った。

手切れ金をもらったので旅に出ることにした　後日談

北辺境獣人領の若き領主であるジオ・リュフターと伴侶《はんりょ》レイルの婚姻披露の式典は、ミスランの花が群れ咲く春のさなかに執り行われた。

その日、領主の婚姻祝いに訪れた客人たちは、晴天のもと馬車で広々とした草原へと連れ出され、用意された天幕へと通されて、領主夫妻の登場を待つこととなった。

天幕からは感嘆の声や華やかな会話が漏れ聞こえ、客人たちの寛《くつろ》いだ様子が窺《うかが》える。

ミスランは草地に密生する植物で、春の中頃《なかごろ》には小さく可憐《かれん》な花をつける。隙間《すきま》なくみっしりと地面を覆いながら咲くそのさまは、足下に花の絨毯《じゆうたん》を敷きつめたかのように絢爛《けんらん》だった。

客人たちの眼前には一面の花畑が広がり、地形のまま緩やかに起伏を描きながら徐々にその花色を変じる。白雲の映える青い空の下、黄から淡い紫へ、紫から桃色へ、桃色から白へと色とりどりの花が丘陵一帯に咲き誇る絶景を、客人たちは天幕にいながら楽しんでいた。

天幕の中には果物や焼き菓子などの軽食が並べられており、給仕の者たちが飲み物をすすめつつ、客人たちをもてなしている。

貴族用の天幕から離れた場所には日除《ひよ》けの白い大傘が並び、領民たちはそこから式典を見物することができた。

周囲にはいくつもの屋台が配置され、焼きたての栗《くり》や蜜芋《みついも》、揚げ菓子などがふるまわれている。

それらを頬張《ほおば》る子どもたちの様子を見て、ウィリーは笑みを浮かべた。

（レイ兄とジオ兄が選ぶと、どうしてもチビたちが喜びそうな食べ物になっちゃうんだよなぁ）

屋台はこの日のために領主が雇っており、領民から金はとらない。着任以来、質実な領政を行ってきた領主のもてなしに、領民たちは喜びつつも何かを察したように笑っている。

（領主さまも伴侶殿がからむと財布《さいふ》の紐《ひも》がゆるむ、なんて言われてるんだろうな）

若き領主の愛妻家ぶりは、領主の屋敷周辺の領民の間では、もはや常識といえた。

（それにしても、大丈夫かな。そろそろジオ兄とレイ兄の馬車が着いてもいい時間なのに……）

ウィリーは先ほどから会場の入り口に立ち、領主夫妻の馬車が見えるのを待ち構えていた。

（あ、来た来た来た！）

道の向こう、白い馬を先頭にした幌《ほろ》つきの馬車がこちらへ向かってくる。会場から少し離れた場所で、予定通りに狼煙《のろし》が上がる。それを確認し、ウィリーはほっと息を吐いた。高鳴る胸をおさえ、その場を離れる。

今日に限らず、ウィリーの仕事は領主の伴侶であるレイルの補佐だ。この後の領主夫妻は婚礼衣装を一度着替える手筈《てはず》になっている。すべてを滞りなく進めるために、自分も尽力しなくては。

会場に領主夫妻の到着を歓迎する拍手が鳴り響く中、ウィリーは自らの不自由な足を杖《つえ》で支え、逸《はや》る気持ちを宥《なだ》めながら歩いた。

＊＊＊

それは波乱の幕開けであった。

会場内に四頭立ての馬車で乗りつけた領主夫妻は、簡易の舞台に上がり、会場内からの祝福の歓声に手を振って応じた。半円状に配置された招待客用の天幕や領民たちの見物席から、領主夫妻の立つ舞台は少々距離がある。

妙なことだ、と国王は思った。これでは領主夫妻の表情が辛うじて見えるかどうかというところである。

ふと、視線を領民たちの見物席へと移した。

見物人たちが領主たちのいる舞台とは逆方向を向いている。何か異変が起こっているらしい。しかし彼らの声は、国王夫妻に用意された天幕までは届いてこない。

隣に視線をやると、妻である赤髪の女性は悪戯《いたずら》を仕込み終わった悪童のように目を輝かせ、領民たちが注視するのと同じ方向の空を見ている。

「君が楽しそうでなによりだ、我が伴侶殿」

「えっと、そうだね！　ジオとレイレイの結婚式なんてさ～そりゃ楽しみだったからさ～こうして会場にいるだけで感慨深いというかなんかそんな感じ!!」

王妃となっても、自分の前での彼女の口調はくだけきっている。国王はそれを気に入っていた。

「それで？　これからどんな楽しいことが起こるのか教えてはくれないのかな？」

「やだぁ陛下ったら、なにも心配するようなことは起きないよ。だから安心して今日のこの良き日を堪能しよう？　だいたい陛下もこのところお仕事のしすぎで疲れたでしょ？　王都を離れてこんなに自然豊かな土地に来てるんだし、今日くらい頭をお休みさせて、のんびりしながら一緒に結婚式を楽しもうよ」

どう見ても妻の様子がおかしい。口数が多く、早口になるのは彼女が隠し事をしている時の症状である。

しかしここ最近の妻が、ジオとレイルの婚姻披露式典に向け、こそこそと何事かを画策していることは知っていた。彼女とジオは友人関係とも師弟関係ともいえる仲であったし、ジオの伴侶となったレイルについては「レイレイ」などとあだ名で呼ぶほど親しくなっている。

彼女がレイルをそう呼ぶのを聞いて、いくら親しくとも成人男性に対してそのあだ名はいかがなものか、とレイルを気遣った国王だったが、当のレイルは意に介さぬ様子で『俺、あだ名で呼ばれるの初めてです』とはにかんでいた。

その後、

『おい、レイっていうのも一応あだ名だからな？』

とジオが口を挟み、

『ルを省略しただけじゃん。それくらい省略しないで呼べばいいじゃん。たった一文字で特別感主張するとか必死すぎると思う』

と彼女が反論したので、内心でその意見に頷《うなず》いたものである。しかしジオがレイレイなどというあだ名で兄弟を呼び、特別感を前面に押し出せるような人物だったなら、彼らの関係はもっと早くに決着がついていただろう。

「陛下、このお菓子おいしいよ。食べる？」

こちらが無言のままなので落ち着かなくなったのか、妻が小さな菓子を差し出してくる。その白い手を掴《つか》んで引き寄せ、彼女の指ごと口に含み、その指先をちゅっと吸ってから解放した。咀嚼《そしゃく》するうちに口の中で押し固められたカラメルとナッツがサクサクとほどけて、香ばしい風味が広がる。

「ああ、確かにおいしいな」

笑いかけると、王妃の頬が少しばかり赤らんだ。自惚《うぬぼ》れではないだろう。自分たちはわりときちんと恋愛を経て結婚したのだ。国王はそう自負していた。

侯爵家の娘でしかも優秀な魔術師とはいえ、自分より年上で変人と名高い彼女を王妃にするのには、随分と骨を折った。何より、王妃の座にかけらの興味も示さない彼女を口説き落とすのが最大の難関といえた。彼女の実家の侯爵家にいたっては『この魔術狂いの娘に王妃の大役は務まりません』と言って暗に『諦《あきら》めろ』という姿勢だったため、国王は援軍がないままの戦いを強いられたのだった。

しかしこうして彼女が伴侶として隣に座する今となっては、悩ましかったかつての日々もいい思い出だ。きっとジオも、今頃そんな思いを噛《か》みしめているのだろう。ジオもまた長い片想《かたおも》いの末に、その恋を成就させた男だった。

この式典の後には領主の屋敷に招かれている。ごく内輪の晩餐《ばんさん》だというから、その場ではお互い苦労したなとジオの肩を叩《たた》いてやろうと国王は思った。

「蚊帳の外にされるのは寂しいが、君がそう言うなら楽しませてもらおうかな」

王妃のたっぷりと豊かな赤い髪をひと房摘まみ上げ、キスをする。すると王妃は安心したような笑みを見せ、あれもこれもと菓子をすすめてくる。国王は言われるままに口を開け、そのたびに妻の指を舐《な》めた。

我々もまだ新婚といえる時期だ。国王は一人頷いた。病を得て臥《ふ》せった前王の後を継いで戴冠《たいかん》し、それと同時に彼女を王妃に迎えてから、まだ一年ほどしか経《た》っていない。今日くらいは妻の言いなりになって、友人の結婚をただ祝うのも悪くない。いいように転がされている気もするが、惚れた弱味というのは、開き直ってみると案外楽しいものらしい。

我々の仲睦《なかむつ》まじいさまを周知するのはいいことだな。国王の従者や王妃の侍女たちも、表情にこそ出さないが喜ばしい空気を発している。それに貴族の皆の目に入れば、側妃をすすめようという者も多少は減るかもしれない。

国王がそんなことを思いながら王妃の肩を抱き寄せた、その時。

「なんだあれは!?」

「鳥にしては動きが……」

「鳥じゃない！　魔獣……竜だ！」

獣人領の領民たちに遅れて、来賓の貴族たちの天幕からも声が上がり出す。やはり獣人のほうが目がよかったり耳がよかったりする者がいて、敵襲に敏感なのだろうか。

国王はそんな憶測をしながら、目の前の妻から目を離さずにいた。凝りに凝った悪戯の仕掛けが首尾よく動作するのを見守っている。国王の目には、王妃の表情はそんなふうに見えた。

数拍の後、いよいよ悲鳴が増していく会場の中、天幕の頭上を大きな影が横切った。その影が三つ通り過ぎて、上空を旋回するに至っても、国王の忠臣たる騎士たちは身構えながらも、国王夫妻へ避難をすすめなかった。

なるほど、根回しは充分にしたものと見える。近衛《このえ》騎士たちが承知したなら、王妃にも自分にも、もちろんこの会場の誰《だれ》にも危険はないのだろう。

「これは本当に、楽しめそうだ」

国王が微笑《ほほえ》むと、王妃は花がほころぶように笑った。

「陛下、見て。始まるよ」

王妃の視線の先を見遣《みや》る。そこでは小型の翼竜の背から縄を伝って、刺客が領主夫妻の立つ舞台めがけて降下を始めていた。彼らの狙《ねら》いが領主夫妻であると気づいて、会場内には更なる悲鳴が響き渡る。

刺客らはあっという間に地上に降り立ち、舞台上の領主夫妻へと躍りかかった。

領主であるジオへと斬りかかり、その伴侶であるレイルを引き離そうとしている。レイルを連れ去ろうとしているのがよく分かる動きである。

上空では翼竜が旋回を続け、刺客はジオの隙を突き、レイルを捕まえて竜を呼ぶしぐさをした。よく見れば竜の背には一人の人間が残り、竜を操縦している。竜はよく飼いならされていた。観客の目から見れば、領主の伴侶が今にも竜の背に乗せられ、連れ去られようという場面だ。

その時、ジオの怒号が膨大な魔力の爆発とともに大気を揺らした。

——ドンッ！

地鳴りのような音を轟《とどろ》かせ、天高く紅蓮《ぐれん》の火柱が上がる。

——ドンッ！

火柱は上空の翼竜めがけて轟轟《ごうごう》と天を突き上げた。その勢いで生まれた気流が周囲の花を巻き上げ、攫《さら》われた花弁が天空からはらはらと舞い落ちる。その可憐な眺めは激しく噴き上がる火とはあまりに対照的で、場違いに長閑《のどか》なものだった。人々は空を見上げたまま一時も目が離せない様子である。

大地の怒りを思わせる苛烈《かれつ》な炎に追い払われ、竜は三体とも去っていった。竜と火柱の脅威が消えた空には、大穴をあけられたり散り散りにされたりした白い雲がゆったりと浮かんでいる。

色とりどりの花が降る空の下、獣人領の観客たちは歓声を上げ、「我らが黒き牙《きば》」と口々にジオを称《たた》えた。それが獣人流の称賛だった。彼らにとって黒髪のジオは黒皮の雄であり、牙は強者《つわもの》の呼称である。「我らが牙」と呼ぶのは、彼らがジオを領主と認めた証《あかし》といえた。

しかしジオの牙はこんなものではない。

かつて勇者の称号を得た男の勇猛ぶりを見せつけるためにこの場を設けたのだとしたら、まさかこの程度の余興で終わらせるはずがなかろう。国王は心が浮き立つ思いで王妃へ訊《たず》ねた。

「それで、この後は何があるのかな？」

「元勇者と剣士殿のチャンバラごっこ。すごいんだよ。今日に備えて二人がノリノリで稽古《けいこ》するもんだから、騎士団の鍛錬場の防護壁が崩れかけて大変だったの」

「それは物騒だな。会場の守備は足りているか？」

「魔法士殿の指揮下で、獣人部隊の魔術班が固めてる」

「ふむ。頼もしいことだ」

「万が一のために治癒魔法士殿も待機してるから、負傷者が出ても即対応できるよ。ちなみに脚本と演出は賢者殿ね」

「ルトワルドは？」

「総監督」

「なるほど」

王妃の弾んだ声を聞き、国王は苦笑を浮かべた。竜を前座に使うとは何とも大胆な演出である。さすがは魔王討伐の称号戦歴者たちというべきか。

「それで、今回の君の役目は？」

「音響関係の魔法具の提供と設置と……それからこの余興についての諸々《もろもろ》の申請に許可を出したこ

とかな。あ、もちろん宰相さまにもちゃんと相談したからね」

「演者をやらなくてよかったのか？」

王妃の性格上、「わたし悪役の魔術師とかやりたい！」などと言って配役に自分をねじ込みそうなものだ。

「いいの。一緒に楽しもうって言ったでしょ。今日はずっと陛下の側《そば》にいるよ」

国王の疑問に対し、王妃は照れくさそうに言った。

ここ最近、国王は政務が忙しく、王妃と語らう時間を持てずにいた。二人で出かけるのは公務くらいのもので、そろそろ妻に癒《いや》されたいと切望していた。彼女といると癒されるのだと言うと、周囲の者たちは怪訝《けげん》な目で見返してくる。しかし国王は、妻が嬉々《きき》として魔術式理論の仮説を捲《まく》し立てている姿を見ているだけで気分が安らぐ。

そんな国王の現状を見越したのだろうか。今日は表向きは公務でも、内容としてはただ友人たちの結婚を祝い、清らかな風景を愛《め》で、妻と余興を楽しむというもの。国王として、また賓客として配慮が必要かと思われた部分は、妻と側近たちが肩代わりをしたらしい。

これは妻から自分へのご褒美みたいなものなのかもしれない。国王は日頃《ひごろ》の激務に耐えたこの身が報われた気がした。

「陛下ずっと忙しそうだったし、サプライズで面白い余興があれば気分も上がるかなと思って……勝手に許可出したこと、怒ってない？」

王妃がおずおずとこちらを窺《うかが》ってくる。先ほどからどこか後ろめたそうにしていたのは、その点を憂慮していたのだろう。

「勝手だとは思わないし怒ってもいないが……もし次があるなら私も仲間に加えてほしいものだ」

そう言うと、王妃はほっとした様子で頷き、それから冗談ぽく口を尖《とが》らせてみせた。

「それに関しては宰相さまの許可が下りないと思うよ～わたしもダメって言われたもん。悪の魔術師やりたかったのに」

その言葉に国王は切れ者の宰相の顔を思い浮かべた。王家の人間が特定の貴族を贔屓《ひいき》する、またはそう取られかねない言動をすることについて、宰相は慎重であれと説く男だった。それでも今日のジオたちの婚姻披露式典への出席に関しては何も言われなかったから、彼も譲歩してくれてはいるのだ。通常、王都で結婚式があれば国王が出席することもあるが、領地で行われるものにわざわざ赴いたりはしない。

「こんなに楽しい公務なら、毎日でもいいな」

国王の軽口に、王妃は同意を示すように微笑んだ。


国王夫妻が笑みを交わす間にも、余興は着々と進行していた。

いつの間にやらジオとレイルがいた舞台は撤去され、その背後に広がる一面の花畑の向こうの小高い丘から、物々しい装いの青い服の一団がザッザッと軍靴を鳴らしてやってくる。

それを迎え撃つかのように、会場内の天幕や領民の観客席の間を通り、北辺境獣人部隊の兵士が続々と立ち現れた。獣人部隊の出現に、領民の観客席からは高い歓声が上がった。

獣人部隊は辺境軍の礼装である黒の軍服姿である。観客席から見て、敵襲と思われる一団とそれに対峙《たいじ》する獣人部隊は、それぞれ綺麗《きれい》に左右に分かれる形となった。

一団はジオとレイルの手前で止まった。これぞならず者といった風体をしている。先頭に立つのは大剣を背負った大男だ。

彼の姿に、会場内からは、

「あの大剣、剣士さまじゃないか？」

「正式な称号は竜剣士さま、な。それに今は王下騎士団の副団長さまだ」

「ジオさまと魔王討伐したお方だよな？」

「ってことは、これは余興か」

という声が上がった。

軍靴の音といい、説明的な会話といい、我が妻が提供したという音響魔法具はいい仕事をしている。国王は会場内の緊迫した空気が徐々に薄れていくのを感じた。

不穏なざわめきが止《や》んで歓声や野次が聞こえ出した頃、ならず者の一団の頭首に扮《ふん》した剣士が声を張り上げた。

「おうおうおう、お楽しみのところ邪魔するぜ。北の領主さんよぉ、あんたの花嫁をこっちへ渡しな」

「ふざけんな殺すぞ」

「こら、ジオ！　ちゃんとセリフ言えよ！」

声を抑えて叱《しか》った剣士だったが、観客にも丸聞こえだった。おそらく音響の魔法具のせいだろう。ジオに腰を抱かれて立っていたレイルが、ジオの耳もとに口を寄せる。何事か耳打ちしているらしいが、その声はさすがに聞こえてはこない。

「セリフ忘れたわけじゃねぇけど、腹減ったし巻きでいこうぜ。お前も朝飯ほとんど食ってねぇだろ」

レイルに笑いかけ、ジオは再び剣士に向き直った。

「貴様が何者だろうと、我が妻と領民を脅かす輩《やから》はこの俺が許さん」

見事な棒読みだった。

「それもっと後のセリフだろ！　あーもう仕方ねぇなぁ……それなら力ずくで奪うまでだ！　いくぜ野郎ども!!」

その掛け声とともに男たちは唸《うな》りを上げ、互いに剣を構えて突進した。

剣戟《けんげき》の音が鳴る。両団は強烈に打ち合いながらも、その身のこなしはそれぞれ見事に揃《そろ》っていた。黒い服の一団が斬りかかると、青い服の一団は身を翻してその一撃をかわす。攻撃をかわした勢いのまま青の一団が剣をふるい、黒の一団が地に伏せてこれを避《よ》ける。そこにさらに青の一団が蹴《け》りを放つと、黒の一団は後方に宙返りをしてみせた。彼らの鮮やかな身のこなしと一糸乱れぬ群舞に、会場中から歓声が上がる。

ジオと剣士以外の戦士たちはどうやら訓練用の木剣で打ち合っているようだった。その木剣の柄《つか》頭《がしら》からはそれぞれ金の糸の房が垂らされており、彼らが剣を振り上げ、または身を躍らせるたびにくるくると跳ね回る。その鮮やかな黄金色がまた観客の目を惹《ひ》いた。

迫力みなぎる剣技の応酬と、華麗にして大胆な体さばきに、会場内の空気が白熱していく。踊るように流麗でいながら勇壮さを見せつけ、両団の演技は次第に打ち合いから呼吸を合わせての演舞に変わった。

これほど見ごたえのある剣舞はそうそう見られるものではあるまい。国王は感嘆した。護衛の近《こ》衛《の》騎《え》士たちが食い入るような目をしているのに気づき、内心で苦笑する。いつか我々もああいうのやりたいです！　などと言い出しそうな顔だ。

息を揃えて足を踏み鳴らし、胸の装甲を片手で打って、大地を揺らすような雄々しいステップを披露しながら、両団は交じり合って整列した。ザッザッと地を蹴るリズムと、装甲を鳴らす音。それらの音と彼らの動作がぴったり合わさり、観客の目と耳を楽しませる。

観客たちと対峙する形で整列した両団と観客席との間の位置で、ジオと剣士は向き合っている。ジオがサッと片手を横に振り払う。途端、地面に赤々と炎が立ち上がった。炎はジオと剣士の二人を中心にぐるりと軌道を描き、大きな火の輪を生み出した。

「一騎打ちだ!!」

その野次を合図に、両者は閃《ひらめ》くような一撃を交わした。

強い魔力がぶつかり合う衝撃に地面が揺れたが、衝撃波は襲ってこなかった。魔法士たちの防護結界は万全なようだ。国王はひとまず安堵《あんど》した。もし賓客に怪我《けが》人が出たなら、この晴れの日にケチがついてしまう。国王はジオの友人として、その点だけが気がかりであった。

それも杞憂《きゆう》であったことだし、いよいよ寛いで見物させてもらうとするか。

国王が肩の力を抜いて観覧の姿勢に入ったその視線の先では、ジオと剣士が激しく剣を打ち合っている。

「軽いなぁジオ！　デスクワークばっかで筋肉量が落ちたんじゃねぇのか？」

「うるせぇ脳筋」

「それお前にだけは言われたくねぇからな!?」

息をもつかせぬ攻防を繰り広げながら、両者は軽口を交わしている。呼吸の乱れもなく、動作も俊敏なまま衰えない。

「オラァ!!　食らえ！　必殺、飛天竜旋剣!!」

剣士が魔力を込めた一撃を放つと、ジオは事もなげにこれをかわし、無言のまま反撃に移った。

「わっ、ジオこの野郎！　魔力砲火のときは掛け声かけるって打ち合わせしただろ！」

剣士は怒鳴りながらもきっちり避け、次の一手を繰り出している。

「あ、そっか。えーと、赤い……赤い炎!!」

「それじゃただの火だろ！　ちゃんと技名言えって!!　せっかく俺が考えたんだからな!!」

「ジオ！　『奥義紅蓮剣、踊り竜』だぞ！」

獣人部隊に守られるようにして控えていたレイルが声を上げた。どうやらレイルはきちんとセリフを覚えているらしい。
ジオはレイルに手を振ったかと思うと、剣士に向き直って言った。
「おい、もっとマシな技名にできなかったのかよ。ダセェぞ」
「何だとぉ!? その火の威力には竜さえ苦しみ悶《もだ》え、その様はまるで踊り狂うかの如《ごと》し――ってい
う含蓄のある技名なんだぞ!!」
「竜の丸焼きとかでいいじゃねぇか」
「そっちのほうがダセェだろ! 料理名かよ!!」
子どもじみた言い合いをしつつも、二人が纏《まと》う魔力はぐんぐんと威勢を増していく。
ジオの火の魔力と剣士の風の魔力は互いに煽《あお》られるように増幅し合い、火剣と風剣の闘いは、ま
るで火竜と風竜の食い合いのごとく、人間を超越した力のぶつかり合いとなった。
彼らはこの力をして魔王を封じたのだ。
国王は目線だけ動かして観客席を見渡した。称号戦歴者二人の圧倒的な能力を目の当たりにした
今、観客たちの誰《だれ》もが魔王討伐の偉業に思いを馳《は》せていることだろう。そしてこの余興をこんなに
間近で見物できるのは、あの二人の魔力の衝撃を防ぐほどの結界を作り出せる者がいるからだ。そ
う気づいた者も多いだろう。
魔王討伐の任務から帰還した勇者が、聖剣と共にその称号を王家に返上した。そして彼は辺境の
地を治める領主となった。辺境伯と呼ばれるようになったジオが、一体誰を妻に選ぶのか。どの家
と縁戚《えんせき》になり、貴族社会でどう立ち回っていくのか。王都の社交界は一時期、その手の話題で持ち

きりであった。

帰還直後は第二王女との恋の噂《うわさ》が囁《ささや》かれていたジオだが、その噂は第二王女が建国血統貴族の侯爵家に降嫁するという発表があってから下火になっていた。そして貴族籍を得たジオの価値について算盤《そろばん》を弾《はじ》き始めていた者たちは、すでにジオが婚姻を済ませているという事実を後から知ることになった。

辺境伯が伴侶に選んだ人物は、なんと平民の男だという。その伝聞に王都の貴族たちは驚き、ある者は嘲笑《ちょうしょう》し、ある者は面白がり、ある者は理解を示し、またある者は無関心であったが、全体的には釈然としない思いを抱いたようだった。平民出身者が有力貴族との結びつきを得ず、貴族の血をまじえた子を生《な》そうともせず、いかにして我々の社会で生きていこうというのか。

それは血統を重んじ、家同士の繋《つな》がりで力を保ってきた貴族において当然の思考である。彼らにとって結婚は同盟に等しい。ただ一人の愛する者と共にあろうと欲するジオの生き様は、彼らの感性では理解しがたく、また青臭く感じられたかもしれない。

だが現時点では誰も、辺境伯夫妻をただの平民上がりの若造二人だと見くびる者はいないだろう、と国王は思った。

ジオの伴侶となった平民の青年——レイルが魔王討伐の称号戦歴者たちの召集権を得たことを知る者は、いまだ少ない。

しかしそれを知る者は、今日のこの余興を見ることで、レイル個人が動かせる戦力の強大さを垣《かい》間見《まみ》たはずだ。召集権について知らぬ者でも、少なくとも辺境伯夫妻が王下騎士団の副団長と昵懇《じっこん》の仲であることや、夫妻を守る獣人部隊の精強ぶりについては目を留めたに違いない。

そして国王である自分が王妃を伴い、彼らの婚姻を祝福するために辺境を訪れているという事実もまた、辺境伯夫妻の後ろ盾の一つに数えられていることだろう。

ジオとレイルが二年前にすでに結婚をしていながら、今日まで披露目をしないままでいたのは、国王の交代を待っていたからだろう。国王は確信していた。そしてその判断をしたのはおそらくルトワルドだ。柔和な雰囲気で、ともすると軽薄な人物と受け取られがちなルトワルドだが、実際はなかなかの策士である。

ジオとレイルの周りにはいい仲間が集まったものだ。国王は頼もしい思いだった。

余興の脚本と演出を担当したという賢者は、現在王宮の高等官吏の職に就いていた。魔法士は国内外の魔力動向を注視する調査師団の諮問官を務め、治癒魔法士は聖殿を辞し、獣人部隊所属の医療兵に転身している。

賢者は王都の中枢の情報に触れ、魔法士は国内外の勢力図を把握できる立場だ。治癒魔法士は獣人部隊の医療班に留《とど》まらず、辺境軍全体に医療魔法理論を浸透させ、自己治癒力を阻害しない人体干渉魔法の使用を広めている。その傍らではレイルと共に領民へ衛生意識を根付かせる活動もしているという。ルトワルドは領主のもとで獣人部隊を統率しつつ、獣人領の主要な人物や、王都の貴族の中で通じておくべき家の者と領主夫妻との橋渡し役をしているようだった。

もし自分が彼らと対立する思想のもとに治世を目指す王であれば、いっそ憎らしい脅威と感じたかもしれない。しかし幸運なことに、自分にとって彼らは信頼に足る者たちで、ジオについては友情さえ覚えている。

　国王という身分では、信頼や友情だけで動くことはできない。獣人領と人間領との間の問題も、早急に解決というわけにはいかないだろう。だが彼らとなら足並みを揃え、落としどころを探りながら、少しずついい方向へと歩みを進められる気がしている。


　物思いつつ余興を眺める国王の視線の先で、ひときわ激しい炎が逆巻いた。

「うわぁ！　ちくしょう、やられたぜ！」

「お頭ぁ!!」

「今日はこのくらいにしといてやるよ！　覚えてやがれ！　結婚おめでとう!!」

　予定調和なセリフとともに、ならず者の一団が去っていく。ならず者らしからぬ足並み揃った駆け足で、規律正しく遠ざかる後ろ姿に、観客たちは惜しみない拍手と声援を送った。

　それらの声が落ち着いた頃、ジオはレイルを腕に抱いて言った。

「レイル、お前の身は俺と獣人部隊が必ず守る。もしああいう連中が現れたら、一人残らず火炙《ひあぶ》りにしてやるからな」

　いやに真剣な口調である。先ほどまでの大根役者ぶりはどうした、と国王は思った。まぁおそらく、演技ではなく本心で言っているからなのだろうが。

「ありがとな、ジオ。でもその、何ていうか……ほどほどにな？」

　レイルの苦笑交じりの囁きも、王妃自慢の音響魔法具はよく拾った。

二人の仲を見せつけるような一幕に、会場内は冷やかしと祝福の指笛が吹き荒れ、囃《はや》し立てる声と拍手が鳴り響いた。

「えー、ただいまの余興の配役は、悪役一団に王下騎士団一番隊の騎士の方々、悪役一団のリーダーは魔王討伐において王家より称号を授与された竜剣士さまです。竜剣士さまは現在王下騎士団の副団長として、大変なご活躍をなさっています。王下騎士団の皆さま、ご協力ありがとうございました」

ルトワルドの声でアナウンスが流れる。

「次に、会場内の防護結界を担当してくださいましたのは――」

余興にたずさわった人物の紹介をするアナウンスに、国王の護衛の近衛騎士たちは、

「辺境伯率いるハイパフォーマンス集団」

「余興が命がけ」

「元勇者御一行の本気すぎる火遊び」

と小声で言い交わしている。

「我々も陛下と王妃殿下の御子がご生誕の折には……」

そう呟《つぶや》く声に、今後の楽しみが一つ増えたな、と国王は笑みを浮かべた。その微笑みのまま、隣の王妃に話しかける。

「いい余興であったな。これで魔王討伐を終えた現在でも、元勇者たちの親交は続いていると皆が理解した。更には北方辺境伯の伴侶が竜さえ操る獣人部隊と称号戦歴者たちに守られ、かつて勇者

の称号を得た英雄ジオ・リュフターにこよなく愛されていることがよく分かった。もし軽々しくレイルに手を出そうとする者がいたなら、今日を境に考えを改めることになるだろう」

「あー、なるほど。そういう意味もあったんだね。ジオの戦力アピールしたいだけじゃなかったのかぁ」

王妃は「やるじゃん」と言わんばかりに胸の前で小さな拍手をしている。

聖剣がなければ、ただ少しばかり腕が立つ平民出の騎士というだけではないか。果たして辺境を任せるに相応《ふさわ》しい人物と言えるかどうか。

ジオが北方辺境領の領主におさまった際には、そういう意見も挙がっていたようだ。勇者というのが聖剣をふるう者に与えられる期間限定の称号であるために、勇者の力量とは聖剣あってこそのものと考えたのだろう。

しかしそんな主張をした者たちも、今日のジオの闘いぶりを見れば認識を改めざるを得ないだろう。あれだけの魔力行使を伴う戦闘を繰り広げながら、ジオは息も乱していない。そのジオが全身全霊をもって力をふるわんとすればどうなるか。

「何にせよ、彼らが周知したい内容は余すことなく伝わったであろうよ」

「なんだか余興がメインの式典になっちゃったけど、その甲斐《かい》はあったみたいだね」

その後、国王と王妃がほのぼのと語り合う天幕に、衣装を変えたジオとレイルが挨拶《あいさつ》に訪れた。

獣人領で用いられることが多いのだという紅白の礼服を身に纏い、賓客の天幕を一つ一つ回って来訪に感謝を告げた後、領主夫妻は獣人領の領民たちの集まる見物席へと移動した。

領主夫妻を迎えた領民たちは歓声を上げ、ジオを担ぎ上げたかと思うと、わっしょわっしょと空中に放り上げる。

その荒々しい祝福に賓客たちの天幕からは戸惑いの声が聞こえたが、領主夫妻と領民たちの親しげな交流を目の当たりにし、次第に微笑《ほほえ》ましく見守るといった雰囲気に変わった。

その後、獣人の子と人間の子が入り交じって領主夫妻を取り囲み、子どもたちに目線を合わせて屈《かが》んだ二人の髪に花を飾る。幼い子を抱き上げ、領民たちと笑い合うその様子を、国王夫妻はもとより近衛《このえ》騎士たちさえも、眩《まぶ》しいものを見るような目で眺めた。

＊＊＊

式典を終えて屋敷に戻ったジオとレイルは、気の置けない仲間たちと国王夫妻を晩餐に招き、楽しい時間を過ごしていた。

「まったくもう、二人ともアドリブやりすぎですよ！　防護壁が破られるんじゃないかって気が気じゃありませんでしたよ私は!!」

「あれはジオが悪いんだって！　俺はちゃんと台本通りにやろうとしたんだぜ!?」

魔法士と剣士のやり取りに、賢者の少年は「ふうん？」と不満げな声を上げた。

「そのわりには副団長殿も魔力大放出だったじゃない。僕の台本通りなら見かけが派手なだけで、あんなに強烈な衝撃波は生じないはずなんだけど？」

「お二人が手合わせするといつもこうなりますからねぇ」

「基本的に二人とも負けず嫌いの脳筋同士だもんな」

治癒魔法士とルトワルドが、のほほんとした口調で魔法士と賢者を宥める。

「だいたい二人だけ大暴れして楽しんじゃってずるいですよ。やっぱり私も演者やりたかったです」

「悪かったって。お前も明日は休みとってきたんだろ？　獣人部隊の演習場借りて手合わせしようぜ」

「僕はどうせなら竜に乗りたかったな。……あの竜は帝国の飛竜とは別の種なの？」

「あちらさんのはまるで別物だろう。魔界から召喚したって噂だが、真偽はどうなんだ？」

魔法士に視線を向けた剣士の顔つきが、少しばかり真剣味を帯びる。魔法士は小さく首を振って答えた。

「まだ調査中で何とも言えませんね。しかし帝国の竜が一体だけだというのは確認できました。空軍を編成する規模にはなり得ないでしょう」

「大型の竜なら一体だけでも奇襲には使えるぞ」

ジオが短く意見する。

「その竜の背中に乗せられる人数がたとえ数人だとしても、たとえばその数人がジオ殿と同程度の攻撃魔法の使い手だった場合、空から襲撃されたら被害は甚大なものになりますよね」

「そうだな。帝国が侵略戦争を始める気があるのかは不明だが、警戒は必要だ」

治癒魔法士が淡々と予測を述べ、ジオが方針を確認する。

魔王討伐でも、こうしてみんなで戦ったんだろうな。レイルはそんなふうに思いながら、黙って彼らの会話に耳を傾けている。

「辺境軍としても対抗策として竜兵部隊の新設を考えてはいるけど、まだまだ数が足りてないのが現状だね。オレらにとって竜は大事な仲間だからさ、乱獲したり魔術で従わせる方法はとれないんだ。今まで通り地道に数を増やすしかないな」

ルトワルドが言った。獣人部隊では以前から物資の輸送に竜兵を用いていたが、戦闘用に竜兵を訓練し出したのはここ数年だという。

「名高い冒険者が帝国に引き抜かれているという噂《うわさ》もありますわ。陛下はすでにご存知《ぞんじ》でしょうけれど」

ミルバンヌの発言に、国王は「ああ、報告は受けている」と頷いた。

「今できることをやっていくしかありませんね。陛下は同盟を強化していらっしゃるし、我々も引き続き情報を集めます」

魔法士が締めくくるのを待って、国王はゆったりとした笑みをジオとレイルに向けた。

「頼もしい友人たちに恵まれて私は果報者だな。だが今日はジオとレイルの祝いの宴《うたげ》だ。肩の凝る話はまた後日としよう」

「それにしても今日のレイレイの衣装は良かったね。あの黒絹の長衣、どこの仕立て屋の仕事かって貴婦人たちの噂の的になってたよ」

王妃が話題を切り替えると、皆の視線がレイルに集まった。

「ああ、黒の花嫁衣装って珍しいよな」

「女性の花嫁衣装といえば普通は白いドレスですが、レイレイは男性ですしね。衣装自体は中性的な印象でしたけど」

「だね。すっきりしたデザインで、細身のレイレイによく似合ってたよ」

「え、ありがとう……！」

普段は皮肉屋の賢者に率直に褒められて、レイルは思わず照れ笑いを浮かべた。

「お前ら、あんまりレイルをジロジロ見るなよ」

「おいおい、見せるための日だろ？」

無表情に言ったジオに対し、剣士が呆《あき》れたとばかりに肩を竦《すく》める。

その時、治癒魔法士がふらりと立ち上がった。

「ジオ殿、本日のレイレイ殿を見るなというのはご無体な話です！　あの見事な純黒の絹の衣装を着こなせる方はそうそういないですよ！　お二人とも本当に素晴らしい着こなしでした。辺境軍の軍服に似せた仕立ての黒い衣装のジオ殿に対し、これまた黒の衣装に身を包んだレイレイ殿……どちらの衣装もそれはそれは繊細な金糸の刺繍《ししゅう》が施され、お揃いの衣装を着た仲良し夫婦という印象を強烈に観客に植えつけましたね……そしてまた、レイレイ殿の直線的な身体のラインを強調する程よいフィット感と凄味《すごみ》のある黒色でストイックな雰囲気を演出しながらも、絹の持ち味である上品な艶《つや》で秘めやかな色香を匂わせる絶妙のデザイン……黒絹との対比でレイレイ殿の肌が白く映えるさまの麗しいこと……！　何より黒と金という強い組み合わせの衣装にも負けない長身を誇るお二人が並び立つお姿ときたらもう……もう!!　お二人ともスタイルがいいから!!　服が似合う!!」

ほとんどノンブレスで捲《まく》し立《た》てた。やけに大雑把な締めくくり方だが、ファッションに対する熱意は感じられる。もしかしてけっこう酔ってるのかな、とレイルは心配した。

予想外の多大な称賛にレイルは反応に困ってしまい、何と言うべきか分かりかねていたが、ジオはしれっと頷いた。

「たしかに、レイルは何着ても似合うからな」

「お前はほんとぶれねぇな、ジオ」

「新婚ですしね」

「でも今日はあくまでお披露目であって、結婚自体は二年前にしてるんだけどね。厳密には一年十ヶ月と十五日前」

「いやに正確だな。結婚式に呼ばれるのを指折り数えて待ってたのか？」

賢者の発言に、剣士はからかう口調で言った。

「ちがーう。二人の貴族戸籍の手続きしたの僕だから覚えてるだけ」

「ジオは二年経《た》ってもレイレイにぞっこん……っていうかますます拍車がかかってる気がするなぁ。まぁ領民からは評判がいいし、うちの部隊の連中もジオに対する親しみが湧《わ》くみたいだし、いいことだと思うけどね。けど今日の式典の後の三日間は二人で屋敷に籠《こも》るから仕事入れるなって言われたのには、ちょっと笑っちゃったけどさ」

ルトワルドがそんなことを言うので、レイルは思わず赤面した。ジオは涼しい顔をしている。そんな二人を見比べて、魔法士は苦笑した。

「そういうことでしたら、明日の手合わせにジオを誘うのは遠慮します」

「オレは昼過ぎにちょっとだけなら付き合えるよ」

ルトワルドがフォローするようにそう言うと、ミルバンヌがその袖《そで》を引く。

「ルトワルドさん、私もご一緒してよろしくて？」

「ミルバンヌちゃんはダメ！　絶対安静！」

「ただ見学したいだけですのに」

「そう言ってこないだもうちの新兵ボコボコにしてたろ!?」

「あら、老婆心ではありますけれど、あの方には必要なボコりでしたわ。女だからといって相手の力量を見誤るようでは、この先長生きできませんもの」

「それは分かったけど、君は現在妊娠中なんだからね？　そうは見えないくらい元気で妊娠前と変わらないフットワークの軽さだけど、君とオレの赤ちゃんがお腹《なか》にいるんだからね？　お願いだから戦闘訓練に紛れ込むのはやめて!!」

ジオとレイルの結婚からさほど間を置かずに、ルトワルドとミルバンヌもまた夫婦となっていた。彼らは夫婦揃ってジオとレイルを支えてくれる頼もしい友人である。少なくともレイルはそう認識している。貴族社会どころか平民の社会の中でも隅の隅で生きてきたレイルは、彼らの助言や手引きがなければ使用人一人雇うことすら覚束《おぼつか》なかった。貴族になったジオの伴侶として必要な教養を身につけ、臆《おく》することなく立っていられるのは、ルトワルドとミルバンヌの助力があればこそなのだ。

そんな大事な友人夫婦の妊娠の知らせにはレイルも大いに喜び、無事の出産を待ちわびている。

「ミルバンヌさん、客間を用意してますから、よかったらお休みしてください。今日も俺たちの式典のためにずっと働きどおしで疲れたでしょう」

レイルのすすめに、ミルバンヌは華やかな笑みを返した。

「お二人の大事な日に家でじっとなどしていられませんもの。本日はレイレイさまとジオさまのお披露目が恙《つつが》なく済んでようございました。それではお言葉に甘えて、私は下がらせていただきますね」

国王夫妻とその場の全員に挨拶をして退室するミルバンヌに、ルトワルドが付き添っていく。

「獣人も女房が強いのは同じなんだな……」

「ミルバンヌ殿は中でもとりわけって気がしますけどね」

「何はともあれ、元気な子が生まれそうだね」

「ルトワルド殿とミルバンヌ殿の赤ちゃんなら、可愛《かわい》い子が生まれること間違いなしです」

わいわいと和やかな談笑が一段落した頃《ころ》、国王が言った。

「我々もそろそろ王都に戻らねばならんな。ジオ、レイル、今日はよい披露目であった。改めて祝福を」

「おめでとう、ジオ、レイレイ。また遊びにくるからね」

「ああ、いつでも来てくれ」

「今日はわざわざお越しくださって、ありがとうございました」

護衛の騎士を従えてその場を去ろうとしていた国王が、思いついたように振り向いた。

「ああ、そうだジオ」

「どうした？」

「お互いここまでくるのには苦労したな」

ジオの肩を叩き、深く頷く。

「？　何なんだ？」

気が済んだとばかりに去っていった国王を見送りながら、ジオは怪訝そうに首を傾《かし》げた。


国王夫妻が去った後の席は、すっかり砕けた雰囲気での酒盛りとなった。

「赤ん坊と言やぁ、レイレイにもそろそろその手の茶々入れが増えるんじゃねぇか？」

剣士の発言に、皆が眉《まゆ》を顰《ひそ》めた。

「ですよね。ジオが貴族籍を得てから、ますます女性からの人気が高まってますし。レイレイを追い出し、後釜《あとがま》を狙《ねら》おうとする者も出てくるかもしれません」

「レイレイ、もし誰かにジオのためだとか言われても、絶対ジオの側からいなくなっちゃ駄目だからね」

「それ、過去にわたしたちがやらかしたことですけどね……そういうことを言いそうな輩《やから》がレイレイ殿に近づかないよう、これからはわたしたちも配慮しますが……しかしレイレイ殿、もし跡継ぎを生むためジオ殿に妾《めかけ》をすすめろなどと言う者が現れましたら、わたしたちに言ってくださいね。その人物は警戒対象になりますから」

念を押してくる賢者と治癒魔法士に、レイルは素直に頷いた。

「分かった。すぐに報告します」

「レイル、まず真っ先に俺に言えよ」

レイルの手を握り、ジオが言った。

「ジオに言ったら、その人が火炙りにされちゃうかもしれないしな」

レイルが軽口をたたくと、ジオは「それの何が悪いんだ？」と真顔で返す。

「へぇ、意外。レイレイもその辺の迷いはねぇんだな」

剣士の発言の意味が飲み込めず、レイルがきょとりと見返すと、剣士は何だか嬉《うれ》しそうに笑っている。

「俺のイメージだと、レイレイは自分が我慢してでもジオに妾をすすめそうな気がしてたんだが、杞憂だったみてぇだ」

「？　そういうの俺も嫌ですけど、ジオも外で子ども作るとか嫌だろうし……お互いに嫌なことなら我慢しなくていいかなと思って」

レイルの言葉に、一同は一様に賛同してみせた。

「おう、俺もそう思うぜ！　よかったなジオ、俺たちが心配するまでもなかったな！」

「愛されてる自覚ってやつですね」

「ていうか単にジオの性格を読み切った上で、ジオにとってそういう提案は受け入れられないって分かってるんだよね、レイレイは」

「幼馴染《おさななじ》みたるが故なのでしょうか……どちらにせよ、レイ殿がどっしり構えていてくださると、わたしたちも安心できますねぇ」

やいのやいのと酒を酌み交わし出した彼らを尻目《しりめ》に、ジオはレイルの髪を梳《す》くように撫《な》でた。

「レイ、俺らもそろそろ休もうぜ。お前も今日は動きっぱなしで疲れただろ」

「もう？　俺はまだ平気だぞ？　こうやってみんなで話すのも久しぶりだし……」

「レイレイ、ジオは早く二人っきりになりてぇんだってさ」

二人のやり取りに剣士が口を挟むと、他の面々も笑ってレイルを説得し出す。

「我々のことはおかまいなく。どうぞ三日間お二人でゆっくり過ごしてください」

「そうそう、僕たちはまた暇を作って遊びにくるからね」

「レイレイ殿、ジオ殿、おやすみなさい」

「ああ、後は好きにやってくれ。レイル、行こうぜ」

「お、おやすみ。みんな、今日はありがとう」

ジオに手を引かれて退室するレイルの背中に、仲間たちの祝福の声が贈られた。

＊＊＊

ジオがレイルの手を引いたまま二人の寝室に向かおうとすると、レイル付きのメイドたちが立ちはだかった。

「今夜のためのお支度がございます」

「必要ない。俺らはこのまま寝かせてもらう」

すげなく言ったジオに対し、メイドは丸い耳をぴょこっと立て、引き下がらずに言い募る。

「婚姻のお披露目を終えましたからには、今宵《こよい》は初夜にございます。初夜とはご夫婦にとって特別なもの。ジオさま、どうぞレイルさまの御身は私共にお任せください」

「ユンナ、俺たちもう結婚してけっこう経《た》つし、しょ、初夜ってわけじゃないから、べつに……」

レイルとジオが共にベッドに入れる日は、たいてい肌を重ねている。つまりやることは散々やり続けている夫婦なのだ。当然メイドたちもそれを知っているし、今さら改まって初夜というのもどうなんだ、とレイルは言いたいようである。ジオとしてはどうでもいいから早くレイルと二人きりになりたいところだ。

「はい、もちろん承知いたしております。お二方は二年前すでにご結婚あそばし、その折にレイルさまはミルバンヌさまの手配で土猫族の伝統である紅織の婚礼服を身につけ、夜には緋《ひ》の蝶々《ちょうちょう》着物をお召しになったと聞き及んでおります。……そう二年前。二年前と申しますと私はまだこの屋敷にお仕えしておりませんでした。私はレイルさまの紅織の花嫁衣装のお支度にも、夜蝶々のお支度にもたずさわっておりません。語るも詮無きことではございますが、口惜《くや》しくてならない……。せめて私も一目だけでも見たかったです」

「ああ、あの赤いやつはレイルによく似合ってたな」

エロかった、と呟くように付け足したジオに、メイドのユンナはすかさず進言した。

「ジオさま、レイルさまのご衣装は今宵も素晴らしいものをご用意しております」

ジオは深く頷き、大人しくレイルの身柄を引き渡した。


レイルの支度が整うまでの間、ジオも湯を浴びて夜の支度をする。といっても特別なことはない。髪を乾かして髭《ひげ》を剃《そ》り、歯を磨くだけである。レイルのほうは肌を磨き上げられ、色々なものを塗られるらしいから、こっちは気楽なもんだとジオは思っている。

しかしジオは日頃丁寧に爪を整え、レイルの肌を傷めないため髭もまめに剃っていた。だから初夜に改まってするような支度は思いつかない。

二年前に獣人式の結婚式を挙げた際には、ルトワルドにすすめられた香水をつけてみたりもした。だが初夜を終えた後に二人で湯につかっていると、レイルが「俺、ジオは香水しないほうが好きだな」とジオの首もとに鼻先を埋《う》めて言ったので、それ以来香水をつけたことはない。使わなくなった香水はその後、ウィリーの愛用品となって活用されている。

レイルが寝室に入ったとの報告を受け、ジオは寝室の扉を開けた。

室内を仄明《ほの》るく照らすのは、そこかしこに並べられた蝋燭《ろうそく》である。開き始めた花の蕾《つぼみ》を模した形のそれらは、いまだ開ききらない花弁の内側に小さな火を抱いている。蝋を隔てて透けるやわらかな明かりが幻想的に揺らめく中で、ベッドに腰かけるレイルの姿が浮かび上がる。

レースのような生地の白い衣装を身に纏い、清純な色香を滲《にじ》ませながら、レイルは居心地《いごこち》の悪そうな面持ちでジオを待っていた。

じっくりとその姿を堪能しながら歩み寄り、頬《ほお》を撫でると、レイルはジオを見上げて困ったように笑った。

「あんまり見るなよ。俺みたいなのがこんな服着るの、かなり恥ずかしいんだからな」

白の華奢《きやしや》な糸で編まれた薄衣《うすぎぬ》はレイルの全身をさらりと覆い、それでいてジオの目を誘うようにレイルの肌を透けさせている。質感としては恐ろしく煽情《せんじよう》的だが、銀糸で所々に精緻《せいち》な刺繍が施されていて、どこか神聖さを思わせる寝衣であった。

ジオにとって、レイルはレイルであるというだけでいい。何を着ても良いとしか思わないし、逆に何も着なくてもそれはそれで良い。

でもこれはまた格別にいいな、とジオは内心でユンナの審美眼を認めた。そして何より、自分のためだけにレイルがこれを身に纏ったのだと思うと、この上なくいい気分だった。

獣人領に住まいを移してからというもの、レイルの生活習慣はジオとウィリーと使用人たちによって改善されていた。長年子どもの世話に追われる中で、レイルの食生活は掻《か》き込むような早食いか、残り物をつまむだけだったという。それが今では、腕のいい料理長が栄養バランスを考慮して作った料理をゆっくり味わう食事に変わった。

忙しさから浅く細切れになっていた睡眠も、現在では充分な時間を確保されている。レイルが根を詰めそうになるとジオが寝室に連れ込み、または使用人たちが休息を促した。更には使用人たちのすすめで乗馬やピクニックに出かけるなど日中に軽い運動をし、夜はジオと激しい運動をすることで、朝までぐっすりと寝られるようになっていた。時にはレイルが昼まで起きられないほどの運動をさせてしまうこともあるが、夫婦生活の充実ということで許されるだろうとジオは思っている。

孤児院の院長時代は寝不足と栄養不足で顔色の冴《さ》えなかったレイルだが、現在は肌艶も毛艶も格段によくなった。痩《や》せているのは相変わらずだが、見ていて心配になるような以前の痩せ方とは違い、健康的な身体《からだ》つきになっていた。それが長年ジオが望んでいたレイルの姿なのだった。

レイルが健やかに暮らし、苦労なく笑い、ただ幸せであればいい。

それがジオの一番の望みだった。二番目の望みは、レイルを幸せにするのが自分だったら、ということだった。だから今夜のレイルは、まさにジオの理想の姿といえた。

健康な肉体をさらに手厚く世話をされ、柔らかな布の上等な服を着て、レイルは気恥ずかしそうにジオに笑いかけている。ジオはしみじみと我が身の幸福を思った。

「照れてるお前も可愛《かわい》い。この服も似合ってる」

レイルと並んでベッドに腰かけ、キスをしながらそう言うと、レイルは吐息だけで笑った。色っぽいな、とジオはその息遣いにさえ聞き入った。

「似合ってはないだろ……こういうのって、女の人が着るためのものだろうし……いや、お前が気に入ったならそれでいいけども」

「もちろん気に入った。レイ、綺麗だ」

レイルの金の瞳《ひとみ》を見つめ、そっと唇を触れ合わせる。慈しむだけの優しいキスの合間にふと視線が交わると、レイルは、

「……俺も好き」

と囁いた。

綺麗だとか可愛いというジオの言葉は、レイルの中で「好き」に変換されているらしい。レイルのそういうところが、ジオにとっては堪《たま》らなく可愛い。

愛《いと》おしさに任せて何度も唇を合わせる内に、自然に舌が触れて、口づけは次第に密《ひそ》やかな熱を帯びた。

二人ベッドに横になり、ジオはレイルを抱き締めた。レイルは一つ深い息を吐き、ジオの胸に顔を押し付ける。

「疲れたか？」

「うん。でも楽しかったな」

「ああ、そうだな」

「二年前はさ、獣人領に来たばっかりで生活がまるで変わっちまって、目まぐるしいまま結婚しただろ？　結婚式も緊張しっぱなしでさ、俺、楽しむ余裕なんてなかったんだよな」

こいつ、やっぱけっこう疲れてるんだろうな。

ジオはそんなことを思いながらレイルの声を聞いていた。ジオの伴侶として上流階級の人々と交流をもつようになり、レイルの口調や発音はそれに相応《ふさわ》しいものに変わっていった。ジオやウィリーなど、親しい相手の前では砕けた口調のままだが、それでも以前よりは洗練されたものになっていた。それが今は、ほんの少しだが昔の発音に戻っている。

「でも今日はみんながお祝いしてくれて、たくさんおめでとうって言ってもらって、領民の人たちも子どもたちもすげぇニコニコしてて、嬉しかったなぁ。……幸せって、こういうことなんだろうな」

ちく、とジオの胸が針で刺されたように痛む。思惑を多く含んだ披露目の場で、レイルは人々からの祝福を喜び、ジオたちの余興を素直に楽しんでいた。

レイルは本来、計略などとは無縁の人物である。貴族の伴侶におさまるよりも、市井でささやかな幸せを囲って生きていくほうが、レイルにとっては自然な在り方なのだろう。そうと知っていても、ジオはレイルを諦められなかった。失いかけて恐慌をきたし、焦る勢いに任せて手に入れて、手に入れたが最後、もはや何があろうとも手放すことなど考えられない。

「俺もお前に何かしてやれたらいいのに」

ジオの肩のあたりで、くぐもった声が言った。

なぜそんなことを言うのか分からず、レイルの顔を覗《のぞ》き込むと、レイルはちらりとジオを見上げた。

「俺な、孤児院で暮らしてた時だって、別に不幸だと思ったことなかったんだ。けどそれって、今思うとジオがずっと俺を助けてくれてたからだよな。俺一人だったらいくらチビたちが可愛くたって、やっぱしんどくなったと思う。それに獣人領に来てからは、ずっと幸せだった気がするし……正直今まで色んなことがありすぎて、あんま覚えてねぇんだけどさ」

ぐりぐりと額をジオの胸に擦りつけて、レイルは訥々《とつとつ》と話を続ける。

「昔も今も、俺が幸せでいられるのは、ジオが俺のしんどいところを背負って守ってくれてるからだろ？　ジオに妾さんが必要かどうかって話も、俺はもっと色々考えるべきなのかもしんねぇけど、どう考えたって嫌なもんは嫌だし、ジオはそんなことするくらいなら領主やめるって言いそうだし。だったらそんなの選択肢に入れなくていいかって単純に思えるのは、ジオがそういう風に思わせてくれるからなんだよな」

ジオの背に回された腕に、ぎゅっと力がこもった。

「俺にはお前のこと守ってやれるような力はねぇけど、俺もお前に何かしてやれたらいいな」

ジオの目を見上げて、照れたように笑う。

喉《のど》もとに熱い感情がこみ上げてきて、ジオは心がけて呼吸を整えた。

この腕の中、レイルが幸せだと笑うだけで、ジオはよほど報われていた。頼むからこれ以上何も背負わないでくれ。レイルが孤児院の院長を務める間、ジオはずっとそう思い続けてきたのだ。

日々の生活に追われて疲弊するレイルに、ジオができることは金を渡すことだけだった。あの頃《ころ》の自分はあまりに無力で、そんな自分に苛立《いらだ》っていた。

レイルが院長になって数年経った頃、冬の日に赤ん坊が死んだことがある。夜の間に捨てられたであろうその子は、朝方に孤児院の敷地内で発見された時にはすでに凍え、泣き声も細いものだったそうだ。

赤ん坊を看取《みと》った後のレイルは目に見えて落ち込み、けれど他の子どもたちの手前、努めて平静に振舞っていた。会いに行くたびに頰の肉が削げ、ただでも細い体がますます骨ばっていった。ジオはそんなレイルを見ているのが辛《つら》かった。

孤児院では幼い子の死はたまに起こる悲劇で、仕方がないことだ。乳児とはか弱い存在で、運が悪ければ風邪をこじらせただけでも呆気《あっけ》なく死んでしまう。

だから「もっと早く見つけてあげられたらよかったな」とレイルが静かに呟くのを聞いて、ジオはレイルがなぜその子の死についてそれほど悲しんでいるのかようやく理解した。

その時ジオは、「お前のせいじゃない」とか「その子もお前に見守られた最期でよかった」とか、なんの慰めにもならないような言葉をかけることしかできなかった。王都の騎士団に所属している身では孤児院に通い詰めることもできず、まめに手紙を書くくらいがせいぜいであった。そんな己が歯痒《はがゆ》くて、苦しかった。

だが今は違う。もしレイルが悲しみに暮れることがあれば、ジオはレイルを抱き締め、キスをして、ありとあらゆる手段を講じて慰めてやることができる。心身ともに寄り添い、支えてやることができるだろう。もしジオが戦場かどこかで命を落としたとしても、レイルには手を差し伸べてくれる仲間たちがいる。

この先、レイルがたった一人で悲しみを抱え込むことはない。レイルが人知れず涙を流すこともない。

そう思える今、ジオは幸せだった。

「……レイ、俺はお前がいればそれだけでいい。お前はもう充分やってくれてるだろ。これ以上何もしなくていい」

レイルのからだを抱きすくめ、願うように言う。ジオの切なる胸の内を知らぬまま、レイルはふふっと笑った。

「なー、ジオはそう言うよな。分かってんだけどな？　でもちょっとくらい俺にもできることねぇかなって思っただけ」

どうすればこの兄弟を愛さずにいられるというのか。ジオは甚だ疑問に思う。

髪に、額に、目尻《めじり》に、頬に。愛おしさのままにレイルの顔中にキスを落として、ジオはレイルの想いに甘えることにした。

「レイル」

「ん、なに？」

「ずっと俺の側にいてくれ」

「おう、望むところだなそれは」

「何があっても俺に黙って家出するなよ」

「もうしねぇって……お前けっこう根に持つよな」

「あとはあれだ、もっとお前からキスしてくれ」

「それはけっこうしてると思います！」

きっぱりと反論したレイルに、ジオは「確かに最初の頃よりはそうだな」と内心で同意した。

「足りねぇ」

同意はするが、満足はしていない。

「そうか……なら善処するな？」

レイルはやわらかく笑いながら、早速ジオの頬にキスを送る。それから悪戯《いたずら》っぽく目を細めて、ねだるような声で言った。

「他になんかあるか？」

「んー……考えとく」

「おう、いっぱい考えとけよ」

「一緒に考えてくれよ」

「あー……じゃあさ、俺エストラ語を覚えようと思ってるんだ。俺だけじゃなくウィリーと、それから領内の神殿と大きな商会からも何人か受講希望者を募る予定でな、そしたらエストラナの学問を導入できるし、エストラナの商会簿記を広められれば交易もしやすくなるだろ？　それでジェジン地下道脈の流通が増えると領内の商売が盛り上がるだろうし、子どもの基礎学習にエストラ式算術を取り入れたらきっと将来的に——んっ、じ、ジオ……ん、ん……っ」

途端に色気のない話を始めたレイルの口を、ジオはキスをすることで封じた。

「こら、レイ。今はそういう話じゃなかったよな？」

「ち、違ったか？」

濡《ぬ》れた唇を舐めながら叱《しか》ると、頬《ほお》を染めたレイルがおずおずと見上げてくる。

「違うだろ。寝室で仕事の話は禁止だ」

「……獣人領が豊かになれば、結果的にジオのためにもなると思って」

「そりゃそうだが、お前の仕事がこれ以上増えるのは嫌だな。お前は今でも働きすぎだ」

隣国との国境争いの歴史、自国と周辺国との力関係、国内の政治的現状、有力貴族の勢力図、貴族としての教養と立ち居振る舞い等、ジオと結婚してからというもの、レイルはたくさんのことを学んできた。その上で獣人領の実情を把握し問題に目を向け、時には自ら対策を担って領民たちと触れ合った。

そんなに何でもできるようにならなくていい。領地のためになることを模索してくれるのはありがたいが、それも負担のない範囲でやってくれたらいい。ジオはレイルにそう言ってきたし、今でもその考えに変わりはないが、レイルの学習意欲は尽きることがない。環境が許せば、レイルは何らかの学問を修めたかもしれない。ジオは時々そう思うことがある。

「そうかな？　ジオやルトワルドのほうが忙しいだろ？」

首を傾《かし》げたレイルに、ジオは苦笑を浮かべた。

「俺たちは鍛えてるからいいんだよ。それに何もお前が言語習得しなくても、誰か向いてそうな人間を募って学ばせるといい。何でもかんでも自分でやってたら身体《からだ》がいくつあっても足りねぇ。学ぶための環境と金を用意して、習得までの期間は給金も出すとしたら、それなりの人数が集まるだろ。その中から優秀な者を選別する。人材としては言語学者と商売人と算術家、それぞれ必要だろうな。別に専門家に限るこたねぇだろうが、知識や感覚の下地はあったほうが飲み込みが早ぇだろうし――」

思わずレイルの話を引き継いでしまった自分に気づき、ジオは口を閉じてひと呼吸した。

「……まぁ細かいことは後でキャラナンやルトワルドたちにも相談するとして、今はとりあえずお前の夫にキスしてくれるか？」

豊富な知識を有する優秀な家令と、広い人脈を持った頼れる友人がいるというのは、何ともありがたいことである。

レイルはくすくすと笑みを零《こぼ》し、ジオの唇にそっと口づける。

「ジオ、俺、今すげぇ幸せだ」

「俺もだ」

キスをして、じゃれ合って、穏やかな夜のひと時に安らぐままに、二人は他愛もない雑談を楽しんだ。

その夜、領主夫妻の寝室からは時折小さな笑い声がするだけで、初夜に相応しい物音が聞こえることはなかった。

朝方、夫婦の寝室の様子を窺《うかが》いに来たメイドは、室内着のガウンを羽織ったままのジオと、「これぞ勝負寝衣」といった薄衣を着たままのレイルが抱き合って眠る姿を目撃する。

初夜のご衣装は脱がされるためのものですのに！　とメイドは無念の思いで二人を眺めたが、彼らの健やかで満ち足りた寝顔に苦笑を浮かべ、そっと部屋を後にした。

＊＊＊

レイルはぼんやりとした意識の中で違和感を覚えた。ジオがいない。もぞ、とあたりに腕を伸ばしてみるが、シーツに触れるだけだった。レイルはジオの腕の中で目覚めるのが常であった。のそりと起き上がり、窓の明るさに目を眇《すが》める。細く開けられたカーテンの隙間《すきま》から差し込んだ日の光を背負い、ジオがこちらを振り向いた。

「悪い、起こしたか？」

しょぼつく目を瞬かせて、レイルは後光が差したようなジオの姿を眺める。

半裸の上半身は筋肉質で、全体的に均整のとれた体つきは神話の英雄の彫像を思わせ、怜悧《れいり》な美貌《びぼう》の上に穏やかな笑みを浮かべる様は、世の少女たちが焦がれる恋物語の王子もかくやといった風情である。

ベッドへ戻り、ジオはレイルの額におはようのキスをした。レイルは間近にあるジオの顔にますます見惚《みと》れながら、ジオの頬にキスを返した。

「……ジオはかっこいいよなぁ。知ってたけどさぁ」

「寝ぼけてんのか？」

「寝ぼけてない」

「そんなにふにゃふにゃしてんの、久しぶりに見たぞ」

やっぱ昨日《きのう》の式典で疲れてたんだな、と労《いた》わるようにレイルの髪を撫でる。

「もう起きるか？　飯は？」

「んー、歯磨きだけしてくる」

レイルは朝は食欲がない。ジオは朝から肉でも何でも食べられるらしく、それほど強靭《きょうじん》な胃袋であればこその筋肉量なのだろうか、と羨《うらや》ましく思ったりもする。だがそもそも戦士として肉体を鍛え上げたジオと自分を引き比べても仕方がない。そう割り切って、食うには困らない身分になった今でも、レイルは自分にとって無理のない量の食事を続けていた。

ベッドから下りて寝室を出る。夫婦の寝室の隣は風呂場《ふろば》になっている。もともとは違ったが、ジオの希望で改装されていた。寝室に湿気が来ないようにと、職人が頭を悩ませて設計してくれたそうである。

風呂場の脱衣場には小さな洗面台がしつらえられており、二人は毎朝そこで身支度をしている。使用人に見守られながらの洗顔や歯磨きにレイルは慣れることができず、ジオの計らいに感謝したものだった。

ふと、脱衣場に設置された等身大の鏡に目を遣った。そこに映る自分の姿に、レイルはつい苦笑を零した。

「明るいとこで見ると、やっぱとんでもない服だよな、これ」

ていうか、こんなスケスケで服って言えるんだろうか？

そんな疑問を抱きつつ、顔を洗って歯を磨く。さっぱりとした気分で寝室に戻ると、カーテンは左右に寄せられ、開け放たれた窓から入る清風によって室内は爽《さわ》やかな空気で満たされていた。

「レイ、ユンナが山苺《やまいちご》持ってきてくれたぞ。食べられるか？」

ベッドの上でジオが手招きをする。赤く色づいた小さな果実がこんもりと盛られた器を見て、レイルは頬を緩めた。

「うん、食べる」

いそいそとジオの隣に寄り添うと、武骨な指が可愛《かわい》らしい果実を摘まみ、レイルの口へと運んでくれる。春の象徴のような瑞々《みずみず》しい香りと甘酸っぱい果汁が口腔《こうこう》に広がり、レイルは黙々とそれを味わった。

ジオも使用人たちも、何かとレイルにものを食べさせようとする。痩せた身体を気遣われているのだろう。レイル本人としては病気もしたことがないし体力もそこそこはあり、それなりに健康体のつもりなのだが、心配をかけるのも本意ではない。

果物や木の実は仕事の合間にも手軽に食べられるし腹持ちもよく、その利便性からレイルは好んで口にしていた。しかし山苺は味覚として好きな部類と言える。食べると口の中が真《ま》っ赤《か》になるものの、今日は誰《だれ》とも会う予定がないから気にしなくていいだろう。

「近所のチビたちが朝採れのやつを届けてくれたんだとさ」

「そっか。後でお礼言わなくちゃな」

「ああ。うまいか？」

「ん、おいしい。甘い」

レイルがそう言うと、ジオは優しげな笑みを浮かべた。結婚する前からその傾向は見受けられたが、ジオはレイルの好物を見出《みいだ》すことに喜びを感じているようだった。そんなジオに対し、別に俺は何を食べてもおいしいけどな、とレイルは思う。

子どもたちの食事量が足りているかとか、もっと肉を食わせてやれたらこの子たちの身体はもっと大きくなれたかもしれないとか、そんな思いを抱えながら食卓についていたレイルの感覚では、誰の腹具合も気にせず食事ができるだけで気が楽だ。その上今ではこの屋敷に仕える料理人が腕をふるった料理を毎日食べている。何を口に入れてもまずいはずがなかった。

「俺も、味見」

ジオの顔が近づいて、唇が塞《ふさ》がれ、差し込まれた舌がくちゅくちゅとレイルの口内を舐め回す。

「んっ……ん、」

ひとしきりレイルの舌を味わったジオの唇は、果汁の色素でうっすらと赤く色づいていた。エロいなぁ、と思いながら見惚れていると、ジオがまた唇を寄せてくる。

「レイ、キスしてくれ」

ねだりながら、ジオの唇がレイルのそれをなぞる。

「もうしてるだろ……」

「もっとしたい」

「ジオ……んっ、ん、ぁ……っ」

甘く舌を吸われ、ジオの手がレイルの腰から脇腹《わきばら》を撫で上げた。それだけの刺激にもレイルの肌はぞくぞくと震え、更なる快感の予感に期待するような声が漏れる。ジオに教え込まれるまま、レイルの肉体はすっかり快楽に従順になっていた。

「レイ、綺麗だ。口が赤いのもエロいし……ほんとにお前は、何着てても可愛いな」

ふんわりと微笑《ほほえ》んで、ジオはレイルを見つめている。

あーすごい。ジオがかっこいい。

レイルはうっとりとした心地でジオの青い両目を見上げた。

ジオは何も着なくてもかっこいい。逞《たくま》しい腕に、見事に割れた腹筋。こんな肉体美の持ち主なら、むしろ何も着ないほうがかっこいいんじゃないのか。

レイルは大真面目《まじめ》にそんなことを思った。

レイルが呆《ほう》けているその間にも、ジオは淀《よど》みなく事を進めていた。レイルの敏感な肌を撫で、首筋を吸い、鎖骨に軽く歯を立てる。先ほどまでの清潔な艶やかさとは異なる雄の色気を纏い出したジオの変化に、レイルは思わず目を逸《そ》らした。

夜の仄かな明かりの中でもジオの美形は明白である。しかし白日の下で愛撫《あいぶ》を受けていると、ジオを直視するのが躊躇《ためら》われた。健やかな春の日差しの中、ジオの端整な面立ちが不健全な妖艶《ようえん》さを帯び、なぜかこちらが背徳的な気分にさせられる。

「ジオ、カーテン閉めてから……」

「嫌だね、もったいねぇ。お前のこんなにエロい服、なかなか拝めるもんじゃねぇし」

「やめろぉ……お前がかっこよすぎて俺の心臓はもう限界だ」

「俺？」

ジオは愛撫の手を止め、レイルの顔を覗き込んだ。レイルはまともに見返すことができずに、両手で自らの目を覆う。

「はぁー……ジオの顔なんて子どもの頃《ころ》からずっと見てんのに、いまだにかっこいいと思うんだから、美形ってすげーなぁ」

溜《た》め息《いき》まじりに言うと、ジオの指がレイルの手を取り払い、強引に目を合わせてくる。

「レイル」

「ん？」

「ガキの頃から俺の顔がかっこいいって思ってたのか？」

「？　そりゃお前くらい顔がいいと誰でもそう思うだろ」

「お前のことを訊《き》いてんだよ」

「？　ジオは昔からかっこいいぞ？」

子どもの時からジオの容姿は目立っていて、二人が育った孤児院のある田舎町でも人目を惹くものだった。だから自身の感性を別にしても、レイルにとってジオの顔がいいというのは当たり前の事実という認識である。

数秒の沈黙の後、ジオは重々しく呟いた。

「完全に勃《た》った」

「何でだ？」

変な奴《やつ》だなと笑うレイルの口を、ジオは半ば無理矢理といった勢いのキスで塞いだ。

「ぁ……じお…ッ……うん、……あッ」

指先で肌の上辺を辿《たど》り、焦《じ》らすように乳輪をなぞって、レイルがたまらず声を上げると、押しつぶすように乳首を責める。

「レイ、そういやお前にしてほしいこと、まだあった」

深くなる口づけの合間に、ジオが言った。

「ん……なに？」

「真昼間の情事だ」

「何だそれ？」

「今に分かる」

「あ……ッ」

ジオの指に捏《こ》ね上げられて硬く芯《しん》をもって尖《とが》る乳首を、きゅうっと抓《つま》まれる。下腹に刺すような快感が走り、思わず高い声が出る。さらにはジオの唇に啄《ついば》まれ、舌で舐められつつ吸い上げられると、どうしようもなく甘えた声が漏れてしまう。

「気持ちいいだろ？　ここんとこたっぷり可愛がってやれなかったもんな。俺だってかなり我慢してたんだぜ」

レイルの反応を楽しむように目を細めて、ジオは口の端でにんまりと笑った。

最近は互いに式典の準備で忙しく、レイルはベッドに入るとすぐに眠ってしまっていた。とはいえ、朝にはジオのキスを受けている内にもよおしてしまい、結局は事に及んでいたのだが。手早く済ませることを前提とした情事は、ジオの好みではないらしい。

「三日間は何の予定も入れてねぇし、これで俺も、やっと腹いっぱい食える」

にんまりと笑うジオの視線を受けながら、レイルは「獣人っぽい冗談だなぁ」と思う。気性が合うのだろうか、ジオはすっかり獣人領の住民たちに馴染《なじ》んでいた。

「ん、ん、ぁ……ジオ……っ」

ひとしきり乳首を可愛がったジオの唇は再びレイルの唇を塞ぎ、手ではレイルの秘所にたっぷりと薬油を垂らした。治癒魔法士が考案してくれたという薬油は、使い心地も香りもいい。レイルもありがたく使っている。しかし「レイル殿のご負担の軽減の一助に！」と手渡された時は、たいそういたたまれない思いをしたものである。

「うあ……っ」

つぷ、と押し入った指がぐるりと腸壁を撫でる。薬油を馴染ませながら、ジオの指はレイルの弱いところをこりこりと押し上げた。

「痛くねぇか？」

「あ、あ、きもちいい……っ」

「レイ、可愛い」

ジオの声がいっそう甘く囁く。性感に蕩《とろ》けたレイルの脳は、ジオの称賛を素直に喜んだ。ジオの首に腕を回し、口づけをねだって、ジオの指によってひらかれていく快感に身を任せる。

「じお、もう、ナカに欲しい……」

「まだ早ぇって。じっくり慣らさねぇと、お前のここは狭いからな」

たいていはレイルの期待と願望のすべてに応《こた》えてくれるジオも、挿入のタイミングに関しては慎重だった。

「じゃあ、ジオの舐めたい」

「駄目だ」

「なんで？」

「そんなことされたらすぐに出ちまうだろ」

「出していいのに」

「俺はお前の中に出してぇんだよ」

いつも何度も中に出しているのだから、別に一回くらい口に出してもよさそうなものだ。ジオの言い分に、レイルはそんな感想を抱く。

ジオはレイルに奉仕されるのをあまり好まない。嫌というわけではないらしいが、「特に必要はない」そうである。レイル自身は何としてでも口でしたいというわけではないものの、自分からもジオを喜ばせたくて、たまに提案するようにしている。

「でも口でされると気持ちいいだろ？」

俺もジオにされると気持ちいいし。そう付け足すと、ジオはにやりと笑って自身のものをレイルの太腿《ふともも》に押し当てた。

「俺はお前に触ってるほうが興奮するし、声聞いてるだけでガチガチんなるしな……それに、どうせならお前の中で気持ちよくなりてぇ」

ぐりぐりと腰を揺すってその熱い欲望の存在を知らしめ、レイルの耳もとで誘うようにねだる。ジオの熱くて硬いそれにミチミチと押し開かれる感覚を思い出し、レイルの背筋がぞわりと期待に震えた。

「……おれも、それがいい」

「ああ、いっぱいしてやる。だから痛くねぇようにちゃんと慣らそうな」

待ちきれなくてジオの首に縋《すが》りつくと、ジオは指を増やしてレイルの狭隘《きょうあい》を広げ、さらなる快感を引き出していく。ぐちぐちと卑猥《ひわい》な音をたてて中を撫で擦《さす》られてもなお、より支配的な蹂躙《じゅうりん》を求め、レイルのそこはきゅうきゅうと貪欲《どんよく》にジオの指を食《は》む。

「ふっ、あ……あ、ぅあ…ッ…そこ、」

「ここ、押されんの好きだろ？」

「あ、あ……すきっ……じおぉ、もう、はやく……っ」

「まだだって」

「やだ……ッ、もう入るから……」

「なら、自分で入れてみるか？」

レイルはきょとんとジオを見上げた。ジオはどこか悪戯《いたずら》っぽい目をしている。

「ほら、上に乗って……そう、支えててやるから、ゆっくり腰を落とすんだ」

「んっ、う……？　じお、これ、入らない……」

言われるままに仰向《あおむ》けになったジオの腰に跨《また》がり、ジオのそれを自らの奥に招こうと試みる。しかし気持ちばかり逸《はや》って、思うように中におさめられない。もどかしさにジオを見遣ると、ジオは苦笑して上体を起こし、二人向き合って座る体勢になった。

「レイ、こっち見ろ。舌出せ」

いつもなら強引にレイルの顎《あご》を捕らえてキスをするのに、今のジオの両手はレイルの尻《しり》を支えるために塞がっている。レイルは自ら唇を寄せ、舌を絡めた。

「ふ、ぅ……、んぁッ……ん、ん」

ジオと舌を舐め合うのはうっとりとするほど気持ちがいい。レイルの身体《からだ》がくたりと弛緩《しかん》してくると、ジオがやわらかな声で命じた。

「息止めるなよ。レイ、深く吐いて……そうだ、もう少し」

「あっ、あ、……じお、入ったぁ」

奥の奥までジオを受け入れ、その熱を感じる時、レイルは毎回幸せな心地《ここち》になった。へら、と笑いかけると、ジオは見惚れるほど綺麗な微笑みを浮かべ、レイルの髪を撫でて呟いた。

「……可愛《かわい》い」

じんわりと感情が滲み出すかのような声音に、レイルはなぜだか泣きたくなった。ジオが心から自分を愛しんでいるのが伝わってくる。ジオのそんな声を聞くたび、涙が零《こぼ》れそうになる。

ジオって変わってるよな。でもジオにとって俺が可愛いんなら、ジオが変わってるってのは俺にとってはラッキーだな。

ぼんやりとした頭でそんなことを思いながら、ジオの甘い口づけを受ける。

「レイ、動けるか?」

「ん、たぶん」

ぎこちなく身体を上下させるが、期待するほどの快感は生じなかった。四苦八苦していると、ジオの両手が力強くレイルの尻を抱え、弾ませるように強く揺さぶる。内奥を深く貫かれる喜びにレイルの全身が戦慄《わなな》き、あられもない嬌声《きょうせい》がとめどもなく漏れる。

「あっ、ん、ん、あっ、ぁう……ッ」

「下向くなよ。レイ、顔見せろ」

ジオはそう言うが、レイルはジオの顔をまともに見られなかった。真昼の明るさの中ではすべてが赤裸々に過ぎ、眼前にきらきらしいジオの美貌と色香を突きつけられるのは、あまりに心臓への負担が大きい。それなのにジオは遠慮もなくレイルの顔を覗き込み、同時にその美しい顔を見せつけてくる。

「やだ……みるな」

「馬鹿言え。こんなの、一生見てられるぞ」

「じお、かっこいいから……じおの顔みてたら、おれ、すぐいっちゃうだろ」

「……お前、わりとマジで俺の顔が好きなのか？」

「？　じおならぜんぶ好きだ」

そう言うと、ジオは蕩けるような笑みを浮かべた。

「俺も、お前の全部が好きだ」

ちゅ、ちゅ、とレイルの顔中にキスの雨が降る。この上なく上機嫌な様子のジオの肩に、レイルは甘えるようにしてもたれかかった。

「じお、疲れた」

「ああ、後は任せろ」

ジオはレイルの身体を軽々と仰向けに転がした。じっくりと深いキスをしながら、小刻みに腰を振ってとちゅとちゅとレイルの浅いところを責める。

「ここだろ？」

「あっ、あ、あ、そこ……ッ」

「もっと奥も？」

「んっ、うん…ッおくも、すき……っ」

優しく、または激しく身体を揺さぶられ、同時に首を吸われ、乳首を嬲《なぶ》られて、あらゆる手管によって生み出される快楽の波に翻弄《ほんろう》されていく。レイルはただただ与えられる快感に耽《ふけ》り、徐々に理性を手放した。

「可愛いな、レイ」

ジオの言葉を、レイルはもはや正確に理解しなかった。ただそれが愛の言葉だということは分かるのだった。

「おれも、すき」

掠《かす》れた声で何とか応じると、ジオはなぜだか一瞬泣きそうに顔を歪《ゆが》めて、レイルの身体を強く抱き込んだ。

「ん……っ、ん、んぁ……あッ――」

何度目とも知れない絶頂に押し上げられると同時に、体内にジオの熱が放たれる。熱くて、心地よくて、愛おしくて、切なくて、嬉しくて、泣きたくなる。

こんなに複雑な感情があることを、レイルは知らなかった。全部ジオが教えてくれた。生まれてきてよかった。命をもらえただけでもよかった。だって、こんなにも幸せだ。ジオもこんな気持ちになったことがあるかな。そうだったらいいな。

見上げると、ジオの優しげな眼差《まなざ》しがそこにあった。日差しを通していつもより淡く澄んだ青い瞳が、愛を湛《たた》えてきらきらと光る。


ジオがいて、笑って、キスをして、抱き合って。

明日も明後日《あさって》も、その次の日も、ずっとずっと。こうやって暮らしていけたらいいな。

あたたかでまばゆい陽光の下、蕩けるような情事の余韻に酔いしれながら、レイルはぼんやりとそんなことを思った。

そして体内に満ち満ちて溢《あふ》れそうな愛の言葉を伝えるために、ジオの頬《ほお》を引き寄せるのだった。

あとがき

この話は「一流アスリートのストイックイケメンが、その才能で稼いだお金を幼馴染《おさなじ》みのチャラ男に貢いでたら萌《も》える！」という思いつきで始まったものです。

「幼馴染みのチャラ男は実はめちゃくちゃいいやつなんだけど見た目のせいで誤解されがちで、ストイックイケメンの取り巻きに『あいつを金づるにしてんじゃねぇよ』とかキレられちゃうんだろうな。本当はそんなんじゃないのに、お金をもらってるのは事実だから言い返せないんだろうな」

というふうに妄想が膨らみ、

「チャラ男はイケメンがお金をくれることに感謝してるけどお金を受け取ることに罪悪感もあって、でもイケメンがくれるお金がなければ大事なものを守れなかったし、自分を支え続けてくれたイケメンにはめちゃくちゃ感謝してて、イケメンには幸せになってもらいたいとも思ってて、イケメンの周囲の人間に『お前がいるとイケメンの人生にとってマイナスだから、もうあいつに関わるな』とか言われたら『はい、おっしゃる通りです』ってあっさりイケメンと縁を切っちゃうんだよ。この時点では恋愛感情ではないけど、それでも兄弟愛みたいな心の絆《きずな》があるんだよな～最高だな！で、その後はイケメンの猛追劇からのラブラブハッピーエンドで決まりですね」

というふうに方向性が定まってこういう話になりました。おおむねこのような妄想の通りに書けたので（書けてますよね？）たいへん満足です。

書籍化のお話をいただき、「二人の後日談的なエピソードの加筆をしませんか？」というご提案があった際、私は書きたいものは書き終えてたいへん満足していましたので、「正直この話はもう書くことないです」と思っていました。

　ところがその後、担当の方との会話の中で「二人の結婚式なんかどうですか?」「ジオの仲間たちはその後どうなったんでしょうか」というご質問があり、「そういえばあの人たちどうなったんだろうな」と考えた結果、「ジオの仲間たちによる獣人領ドタバタ結婚式」「結婚式からの初夜は鉄板」「そのまま真昼間の情事の回収もしちゃおう」という流れになって、無事にレイルとジオと仲間たちの後日談を書き上げることができました。

　書き始めてみるとドタバタ結婚式がかなり楽しく、けっこうノリノリで書きましたので、皆さんにも楽しんでいただけるといいなぁと思います。また、担当の方との会話がなければこのエピソードは生まれなかったと思うと、担当さんへの感謝の念が湧《わ》くと共に、小説って自分一人で書いてるわけじゃないんだな、と改めて思い知らされた気がします。

　レイルとジオの幸せを願い、彼らの仲を応援してくださった読者の皆さま、真摯《しんし》に対応してくださった担当の方、素敵なイラストを描いてくださった白崎《しろさき》小夜《さや》先生、書籍化にあたりお力添えくださった皆さまに御礼申し上げます。

　レイルとジオと、二人が大事に思うすべての人たちは、ずっとずっといつまでも、末永く幸せに暮らしました、と作者は思っています。

海老　エビ子

Ruby collection

手切れ金をもらったので旅に出ることにした

2021年7月1日　初版発行

著者　海老エビ子

発行者　青柳昌行

発行　株式会社KADOKAWA
〒102-8177
東京都千代田区富士見2-13-3
電話：0570-002-301（ナビダイヤル）
https://www.kadokawa.co.jp/

印刷所　株式会社暁印刷

製本所　本間製本株式会社

デザインフォーマット　内川たくや（UCHIKAWADESIGN Inc.）

イラスト　白崎小夜

初出：本作品は「ムーンライトノベルズ」(https://mnlt.syosetu.com/)
掲載の作品を加筆修正したものです。

●お問い合わせ
https://www.kadokawa.co.jp/（「商品お問い合わせ」へお進みください）
※内容によっては、お答えできない場合があります。
※サポートは日本国内のみとさせていただきます。
※Japanese text only

ISBN：978-4-04-111595-4　C0093　Printed in Japan